KB259863

_______________님께

그동안의 보살펴 주심에
깊이 감사드립니다.

_______________드림

죽음이 눈뜨게 한 삶

죽음이 눈뜨게 한 삶

어느 말기 암 환자가 보내는 삶의 메시지

죽음이 눈뜨게 한 삶

김성찬 지음

책만드는집

2009년 8월 17일은 병을 발견한 때로부터 꼭 3년이 되는 날입니다. 그동안 온갖 치료와 검사로 인한 육체적·정신적 어려움을 겪으면서 오늘에 이르렀습니다. 2차 재발로 사실상 치료가 어렵다는 것을 알고 마음이 흔들리지 않기 위해 그동안 고통과 어려움을 견디게 해준 삶의 지혜와 덕목을 정리해보려고 글을 쓰기 시작했습니다. 글을 쓰다 보니 뒤늦게 다른 분들에게 읽게 해도 괜찮겠다는 생각이 들어 다른 분들이 읽어도 거부감이 생기지 않도록 글을 고쳤습니다. 쓴 글을 고치고, 추가로 써 모은 글을 이메일을 통해 가까운 지인들에게 보냈습니다.

글을 읽으신 많은 분께서 삶의 지침으로 삼겠다고 과찬하는 등으로 글의 내용에 대해 격려해주시고, 인쇄를 해 다른 분들에게 글을 나누어주었다고도 했습니다. 그러다 보니 한 분이라도 저의 글을 읽어 위로와 평화를 얻고, 그분에게 좋은 생각을 하면서 사는 데 보탬이 된다면 그것만으로도 보람이겠다는 생각에 용기를 내어 책을 내게 되었습니다.

막상 제가 쓴 글이 책으로 만들어져 여러 사람이 읽게 될 것이라고 생각하니 조심스러워집니다. 처음부터 제 자신의 마음을 닦기 위해 글을 쓰다 보니 삶의 지혜와 덕목 등 무거운 주제에 대해 쓰게 되었습니다. 무거운 주제에 대한 글이라 이미 알려져 있는 이야기이거나 생각하기에 따라선 유치한 내용일 수도 있습니다. 그러나 글을 읽으시는 분께서 삶에 있어 이러한 중요한 주제에 대해 저처럼 자신의 생각을 정리해보는 계기를 삼는다면 제가 쓴 글을 책으로 낸 의의가 있을 것입니다. 어려움 속에서 나름대로 생각한 삶의 의미를 함께 나누고, 함께 생각해보자는 것이 글을 쓴 저의 본뜻입니다. 책의 내용을 자기에게 비추어보아 자신은 어떤지를 생각해봐야 책을 읽는 의미가 있다고 합니다. 혹시라도 이 책의 글 중에 괜찮은 부분이 있다면 글의 내용에 자기를 비추어보아 좋은 생각과 실천을 하는 데 도움이 되었으면 합니다.

저의 글을 읽은 분들 중에는 글의 내용을 실천하기 위해 노력해보았지만 실천이 어렵다는 분들이 많았습니다. 일깨움은 등불이 켜지듯 한순간에 찾아오는 것이 아니라 순간순간의 수행이 모여서 되는 것이고, 진정한 수행은 깨닫고 난 뒤 깨달은 대로 실천하는 수행이라고 합니다. 이 책을 읽고 옳은 일이라고 생각하면서도 여러 현실적 이유를 대어 실천해보려 하지 않는다면 이 책을 읽은 의미가 없게 됩니다. 옳은 일을 깨달아 실천하는 것이 수행이고, 살아가는 순간순간 깨달은 대로 하고 있는지를 살펴보는 것이 깨어 있는 마음이라 생각합니다. 그런 깨어 있는 마음을 가지는 시간을 늘려간다면 시간이 지나 수행이 거듭될수록 깨달음을 실천하면서 살아가는 시간이 늘어나리라는 것은 저의 경험으로 알고 있습니다. 깨달음을 실천하는 시간이 늘어난다는 것은 마음의 평화와 고요가 지속되는 시간이 많아진다는 것입니다.

이 책의 글을 이메일로 미리 읽은 분들은 저를 잘 아는 분들이라 그런지 글을 읽고는 병의 치료가 어렵게 되고, 그동안 고생이 많았을 것을 생각하여 가슴 아파하면서 동정과 위로의 말씀을 해주셨습니다. 제가 이 책을 쓴 것은 아무 일 없이 지나는 하루하루가 얼마나 행복한 시간인지를 알게 해드리고, 어떤 어려운 상황에 있더라도 보람되고 의미 있는 삶을 살 수 있다는 것을 알려드리고 싶었기 때문입니다. 이 책을 읽으시는 분들은 이 책의 그런 밝은 면을 봐주셔서 저의 뜻과 함께해주셨으면 합니다. 혹시라도 저에게 동정과 위로의 마음이 생긴다면 눈을 감는 그 순간에도 저의 마음이 흔들리지 않도록 함께 빌어주셨으면 합니다.

돌이켜보건대 아름다운 마무리를 하기 위해 좋은 생각을 하며 이 글을 쓰면서 보낸 시간이 너무도 행복했습니다. 얼마일지는 모르지만 남은 시간도 좋은 책을 읽고, 좋은 생각을 하면서 글을 쓸 것입니다. 그동안 저의 건강을 돌보면서 생각을 정리하는 데 항상 옆에서 자기 일 이상으로 도움을 준 처에게 감사드립니다. 어려운 상황에서도 어두운 내색을 하지 않고 밝은 얼굴로 자기 할 일을 해준 아들 태윤, 딸 효영에게 사랑한다는 말을 남기고 싶습니다.

이 책을 내는 데 용기를 준 친구 고승철, 꼼꼼히 글을 살펴주신 이성희 편집장님, 그 밖에 격려와 조언을 해준 여러분들에게 진심으로 감사드립니다. 이렇게 맑은 정신으로 글을 쓸 수 있을 정도로 저의 건강과 생명을 지켜준 의사 선생님 등 병원 관계자 여러분께도 감사드립니다. 저와 인연을 맺은 모든 분께 사랑한다는 말을 남깁니다.

세 번째 개복수술을 앞두고
2009년 여름
김성찬

차 례

마무리를 위한 시작

삶에는 어려움과 고통이 있고, 그것을 극복하면서 사는 것이 삶입니다. 그 과정에서 삶의 이치를 깨달아 종전보다 한 단계 성숙한 인생을 살게 되는 것입니다. 어려움과 고통은 크면 클수록 이를 이겨냈을 때 그만큼 더 큰 성숙과 환희를 가져다줍니다.

2006년 8월 17일. 내 몸에서 대장암을 처음 발견한 날입니다.

연초에 독감에 걸려 병원에서 강한 항생제 처방을 받아 치료하는 동안 심한 변비를 겪었습니다. 그때 변에서 혈흔이 묻어 있는 것을 보았으나 지독한 변비 때문에 항문 부근에 상처가 생긴 정도로 가볍게 생각했습니다.

그해 초봄 술을 마셔 잠을 잘 자지 못한 상태에서 변에 혈흔이 묻어 나오는 것을 또다시 발견했습니다. 아무래도 이상해서 병원에 가봐야겠다는 생각을 했으나 그날 있었던 후배들과의 모임에서 내 얘기를 들은 후배 몇몇이, 치질이 있는 사람은 술을 마시고 난 뒤 변에 혈흔이 묻어 나온다며 안심을 시켜주었습니다. 나 역시 앉아 일하는 시간이 많으니 치질일 수 있겠구나, 가볍게 생각하고 다음에 또 이상이 있으면 병원에 가봐야지 하면서 병원 가기를 미루었습니다. 그 자리에 나이 많은 사람이 있었으면 한 사람쯤 대장암에 대한 이야기를 할 수도 있었을 텐데 전부 나보다 어린 후배들만 있다 보니 아무도 대장암 생각을 하지 못한 것이 불행이었습니다.

그 당시 성실히 일한다는 소문에 사건 수임이 많고, 부산에서 변호사 개업했다가 창원으로 사무실을 옮긴 지 얼마 되지 않은 터라 부산에도 남은 사건이 있어, 집이 있는 서울, 사무실이 있는 창원, 종전 수임 사건이 있는 부산 세 곳을 오가며 너무 바쁘게 지냈습니다. 바쁘다 보니 병원에 한번 가서 치질 치료를 해야지, 하는 생각을 하면서도 몇 달이 지나가, 그해 7월에 이르러서야 사무실 가까이에 있는 작은 병원으로 가 진찰을 받았습니다. 치질인 것 같다고 하고 진찰을 받아서인지 의사도 치질인지에 대해서만 검사하여 가벼운 치질 증세가 있다면서 몇 가지 처방을 해주어 치질이라고 믿고 치료를 했습니다.

처방대로 치질 치료를 했으나 아무 진전이 없었고, 치질 진찰을 받으면서 대장과 항문 질환에 대해 간단히 설명된 팸플

릿이 있어 읽어보니 대장암 증세에 변에 혈흔이 묻어 나오는 예가 제시되어 있어 조금 걱정이 되었습니다. 8월 15일, 광복절 휴일이라 밤에 느긋하게 텔레비전을 보고 있는데 마침 암에 대한 것을 방영하고 있었습니다. 그때 변에 혈흔이 묻어 나오는 것이 혹시 대장암 증세가 아닐까 하는 생각이 불현듯 들어 하루빨리 검사를 받아봐야겠다는 결심이 굳어졌습니다. 다음 날 출근하자마자 친구가 근무하는 병원에 연락을 하여 대장 내시경 검사를 받기로 했습니다.

2006년 8월 17일 오전, 대장 내시경 검사를 하던 의사가 "알고 계셨습니까?"라고 물어보는 태도가 이상하여 순간 불안한 생각이 스쳤습니다. 대답을 못 하니 의사가 대장에 종양이 자라고 있다는 사실을 확인해주었고, 즉시 CT 촬영 등 추가 검사를 했습니다. 그 사실을 안 병원 친구는 특별한 이상 없이 미리 검사를 해서 발견한 것이니 초기일 것이라고 위로해주면서 서울 큰 병원으로 가 정밀 검사를 받으라고 했습니다. 변이 가늘게 나오고 시원하지 않은 정도는 느꼈지만, 특별히 피로감이 자주 오거나 체력이 떨어진 것도 아닌 상태에서 스스로 검사를 하여 종양을 발견했으니 암이라고 해도 초기일 것이고, 치료 기술이 발달되었으니 초기 암 정도는 치료될 것이라고 믿어 큰 걱정은 하지 않았습니다. 어리석게도 암 치료를 하게 되면 수임한 사건을 제대로 처리할 수 없는데 어떻게 해야 하나, 하며 사무실 운영에 대해서만 걱정했습니다.

친구가 추천해준 서울의 큰 병원에서 다시 정밀 검사를 받았는데 각종 검사 결과를 체크하던 의사 선생님이 고개를 갸우뚱하고, 얼굴 표정이 굳어지는 것을 보고 가슴이 조마조마했습니다. 아니나 다를까 의사 선생님은 대장에 발생한 암이 간에까지 전이된 소위 4기 대장암이고, 간에 전이된 종양이 일곱 군데나 자라고 있어 간 부위 수술은 어렵다고 했습니다. 그동안 암에 대한 여러 자료를 살펴보니 간에 전이된 4기 대장암으로 암을 발견했을 때에 간 절제 수술이 가능하면 5년 생존율이 30% 정도이고, 간 절제 수술이 불가능하면 5년 생존율이 5% 정도밖에 되지 않는다고 되어 있었습니다. 간 절제 수술이 되지 않으므로 치료 가능성이 매우 낮을 것이라고 생각하니 절망스러웠습니다.

정신을 차리자 병의 진행 상황에 대한 검사 결과가 믿어지지 않아 혹시 오진이 아닌지를 다시 확인하고 싶었고, 치료 방법이 있는지에 대해서도 알고 싶어 다른 병원을 소개받아 다시 검사를 의뢰했습니다. 그 병원의 검사 결과도 같았지만 담당 의사 선생님은 병의 진행 상황에 대해 아주 구체적으로 설명

해주었고, 좋은 항암제가 개발되어 항암 치료를 하면 간에 있는 종양 수가 줄어들어 수술이 가능해 생존 확률도 높아질 수 있다는 등 좋은 이야기를 많이 해주어 마음을 편하게 먹고 항암 치료를 받기로 했습니다.

2006년 9월부터 다음 해 2월까지 2주일마다 3박 4일씩 병원에 입원하여 항암 치료를 받았습니다. 구토와 발열, 팔과 다리의 말초신경에 의한 감각 이상 등으로 기억하기도 겁이 나는 12회의 항암 치료를 마쳤습니다. 항암 치료를 마친 뒤 영상 검사를 해보니 간 부위에 있던 일곱 개의 종양 중 한 개만 남아 있고 나머지는 사라진 상태였습니다. 그래서 간 부위 절제 수술이 가능해져 2007년 4월 개복하여 암의 원래 발생 부위인 대장과 간 부위의 종양을 제거하는 수술을 했습니다.

항암 치료의 결과가 너무 좋아 담당 의사 선생님은 "드라마틱한 결과"라는 등 "하느님의 은총"이라는 등 기적이라도 일어난 것처럼 기뻐했습니다. 나 자신도 이제 살 수 있겠구나 하는 생각이 들자 다시 태어난 기분이었고, 수술 후 체력이 어느 정도 회복된 2007년 10월부터는 공증인이란 새로운 직업을 구해 직장도 다녔습니다.

그러다가 2007년 12월 말, PET-CT라는 영상 검사 결과 간 부위에 여러 개의 종양이 보인다는 재발 판정이 나왔습니다. 처음에는 종양 수가 많고 종양의 성장 속도도 빨라 담당 의사 선생님이 낙담할 정도였지만, 다행히 MRI 검사 결과 간 부위의 종양이 네 개로 드러났고, 종양 개수와 위치상 간 절제 수술로 종양 제거가 가능한 것으로 판정되었습니다. 그래서 다음 해 1월 간 부위 종양 절제 수술을 받고는 수술받은 몸이 완전히 회복되기도 전에 다음 달부터 그해 9월까지 종전과 다른 새로운 항암제로 또다시 지루하고 괴로운 열두 번의 항암 치료를 받았습니다.

항암 치료가 끝난 1개월 뒤의 검사 결과로는 항암 치료가 잘된 것으로 나와 기분이 가벼워졌지만 전에 재발된 것에 비추어 다시 재발될 가능성이 있다는 불안한 생각이 들었습니다. 그런데 역시나 2009년 2월에 시행한 CT 검사 결과는 충격적이었습니다. 새로운 종양이 간, 폐, 직장 세 개 부위에 발견되어 이제 암이 온몸에 퍼져가는 것을 확인했습니다. 항암 치료가 끝난 지 6개월도 되지 않은, 너무도 빠른 재발이었습니다.

2년여의 오랜 기간 항암 치료를 맡아주었던 의사 선생님은 새로 개발된 항암제를 포함한 두 가지 패턴의 항암제로 치료를 했는데도 재발된, 종전의 항암제에는 내성이 생겨 자란 암 세포이니 항암제로는 치료 효과를 기대할 수 없다고 했습니다. 새로 개발되어 임상 시험 중인 항암제 중에는 좋은 효과를 내는 것이 없고, 먹는 항암제도 부작용이 심해 이제 사용할 항암제가 없다는 것입니다. 항암제 치료의 부작용으로 체력과 면역력이 떨어지고, 식욕도 없어져 정상적인 생활을 하지 못하는 것보다 현재의 컨디션을 유지하며 지내는 것이 좋겠다는 의견이었습니다. 쉽게 말해서 얼마 남지 않은 나머지 '삶의 질'을 위해 항암 치료는 그만두고, 이제 다가오는 죽음을 조용히 기다리라는 것입니다.

간에 전이된 4기 대장암이라는 진단을 받았을 때와 첫 수술 후 재발했을 때, 그때마다 말로만 듣던 정신적 공황 상태라는 것을 경험했습니다. 죽음에 대한 공포, 그동안 열심히 살아온 내게 왜 이런 일이 생겼을까 하는 억울함, 모든 것을 잃을 것이라는 허탈감, 앞으로의 삶에 대한 의욕 상실 등으로 몸에 힘이 빠지고 정신이 나간 것처럼 멍해지면서 공포와 불안으로 심장이 쿵쾅거리는 흥분 상태가 계속되었습니다. 밤이 되면 몸이 피곤한데도 공포와 근심으로 잠이 들지 않았고, 비몽사몽간에 잠시 잠이 들었다가도 불길한 꿈에서 가위눌려 깨어났으며, 일단 잠이 깨면 온갖 불안한 생각으로 뒤척이며 긴 밤을 보내야만 했습니다. 그런 날을 지내다 보면 앞으로 살아야 할 날은 고통으로 가득한 날이니 하루라도 빨리 죽게 해 고통의 시간이라도 줄여달라고 기도하는 심정이 되었습니다. 그런 중에 치료가 될 수도 있다는 의사 선생님의 이야기를 듣자 살아날 희망이 생겨났고, 아무리 어려운 일이 있더라도 치료를 받아서 살아야겠다는 의지로 치료에 전념하다 보니 정신적 공황 상태는 차츰 극복이 되었습니다.

암세포가 특정 부위에 달라붙어 멈출 줄 모르고 성장하여 그 부위의 신체 기능을 못 하게 해 숙주인 몸 전체를 죽이는 것이 암이랍니다. 암세포는 내 몸이 만든 것이라 내 몸의 정상 세포와 똑같은 세포 구조를 가지고 있다고 합니다. 그래서 암세포를 죽이는 항암 치료제는 암세포도 죽이지만 같은 구조를 가진 정상 세포도 죽여 항암 치료의 부작용이 심하고, 암세포만을 골라 죽이는 항암제 개발은 사실상 불가능한 것 같습니다. 일부에서는 '표적 치료제'라 하여 암세포만 골라 죽이는 치료제가 개발된 것처럼 떠들기도 하지만, 말만 표적 치료제이지 그런 기적 같은 치료제는 아직 없습니다. 그래서 초기 암은 그 부위를 절제해냄으로써 근본 치료가 되지만 나처럼 다른 장기에 전이된 전이암은 암세포가 전신을 돌아다니는 것이어서 수술로는 되지 않으니 암을 완치하는 것은 불가능한 것입니다. 투병 의지만으로는 영리하고 악착같은 암세포를 이길 수 없습니다. 암이 다시 재발된 지금의 상황은 또 다른 치료제가 없기도 하지만 항암 치료를 견딜 체력도 되지 않습니다. 살 희망이 없어졌으니 이제 정신적 공황 상태에서 빠져나오지 못한 채 죽음을 기다리는 고통의 날들을 보내다 생을 끝내야 할까요?

살아가는 데는 기쁘고 즐거운 일만 있는 것이 아니고 누구에게나, 또 언제든지 어려움과 고통이 찾아옵니다. 찾아온 어려움과 고통을 극복하려는 노력을 하지 않고 두려워만 하다가 죽는다면 초라한 패배자로 생을 마감하는 것입니다. 살아가는 데 어려움이 없다면 오만해지고 남의 어려움을 알지 못하게 된다고 합니다. 삶에는 어려움과 고통이 있고, 그것을 극복하면서 사는 것이 삶입니다. 그 과정에서 삶의 이치를 깨달아 종전보다 한 단계 성숙한 인생을 살게 되는 것입니다. 어려움과 고통은 크면 클수록 이를 이겨냈을 때 그만큼 더 큰 성숙과 환희를 가져다줍니다. 위기(危機)에는 위험(危險)과 기회(機會)가 모두 있습니다. 인생에 위기가 찾아왔을 때에는 성장과 발전의 기회가 찾아왔다고 생각해야 합니다.

남의 일로만 생각했던 '암'이 한창 활동할 나이에 갑자기 나를 찾아왔고, 치료가 어려울 것이라는 절망적인 상황을 여러 번 겪게 했습니다. 죽음의 공포와 두려움 때문에 숨을 쉬며 살고 있어도 이 땅에서 살고 있는 사람이 아닌 것 같은 고통을 겪었습니다. 그런 고통의 상태로는 계속해서 살 수가 없으므로 그것을 극복할 길을 찾아야만 했습니다. 공포와 두려움을 극복하기 위해 책도 읽고, 많은 생각을 했습니다. 막다른 길에 이르러 구원의 손길을 바라는 절실한 심정으로 노력했습니다. 그러는 동안 언제부터인가 죽음에 대한 두려움이 사라지기 시작했고, 두려움이 사라진 자리에 어떻게 살 것인지를 일깨워주는 빛이 차츰 밝아지는 것을 느낄 수 있었습니다. '죽음'이라는 엄청난 고통이 오히려 참된 삶이 어떤 것인지를 눈뜨게 해준 것입니다. 죽음에 대한 공포와 두려움이 너무 컸기 때문에 이를 극복하면서 알게 된 삶은 그만큼 아름다웠고, 그만큼 기쁨이 되었습니다.

죽음이 나에게 눈뜨게 해준 삶의 의미, 어떻게 살아야 참되게 사는 것인지에 대해 유언을 남기는 심정으로 정리하려고 합니다. 책에서 본 글들, 내가 느낀 생각과 감정을 정리해나가는 것을 수행으로 삼아 기쁜 마음으로 알차게 마무리를 할 것입니다.

마무리를 시작하는 지금 이 순간이 나의 인생에 있어 참된 삶이 시작되는 순간이고, 진정한 행복이 시작되는 순간입니다. 지금부터가 내 인생에 있어 가장 맑고 순수한 시간입니다. 암

과의 물리적인 싸움에서 진 초라한 패배자가 아니라, 영혼으로
암을 극복하고 암 덕분에 영혼을 구제받은 자로 마무리를 시작
할 것입니다.

죽는 연습

죽는 연습이란 자신도 언제든지 죽을 수 있다는 것을 현실적으로 인정하면서 어떻게 살아갈 것인가에 대해 고민하는 삶의 문제이고, 막상 죽음이 찾아왔을 때에는 어떻게 온전하게 죽음을 받아들일지를 생각하여 실천하는 것입니다. 죽는 연습은 죽음을 위한 것이 아니라 궁극적으로 삶을 위한 것입니다.

모든 것은 변합니다. 세상에 변하지 않는 하나의 진리가 있다면 "변하지 않은 것은 없다"는 무상(無常)뿐입니다. 모든 것은 변하므로 태어난 것은 모두 죽게 되고, 생(生)한 것은 멸(滅)하게 됩니다.

시간은 멈추지 않습니다. 사람은 태어나 부모의 보호를 받으면서 자라고, 성장한 뒤 독립해 결혼을 하여 아이를 낳아 기르고, 아이들을 독립시킨 뒤 노년을 보내다 생을 마감합니다. 시간이 흐르지 않는다면 세상은 변하는 게 없을 것인데 시간이 흘러가 모든 것이 변하고 불확실하게 되니, 시간이 흘러간다는 것은 오묘한 마술과도 같습니다. 시간이 흐름으로써 과거와 현재와 미래가 있고, 후회와 보람, 희망과 걱정도 있으니 시간의 흐름이 우리의 인생을 만듭니다. 태어나고, 늙고, 병들고, 죽는 생로병사도 시간과 함께 변해가는 인간의 모습입니다.

시간이 흐름에 따라 나이를 먹고 몸이 변하는 것과 마찬가지로 관심과 생각도 변합니다. 유아기에는 부모의 사랑과 보호를 받기 위한 본능적인 행동을 하고, 청년기에는 성공적인 독립을 위해 학교 성적, 학교 선택, 직장 선택 등에 많은 관심을 가집니다. 장년기에 이르러서는 가족의 부양과 장래를 위한 경제적 수입, 사회적 지위 등을 생각하고, 노년기에는 건강 문제와 더불어 죽음에 대해서도 생각하기 시작합니다. 대부분의 사람들은 시간이 지나면 죽는다는 것은 머리로는 알지만 자신이 조만간에 죽을 수도 있다는 것을 실감하지는 못하는 것 같습니다. 그래서 죽음이 임박한지도 모르고 욕심을 부리며 싸우고 고민과 고통에 시달리다가 졸지에 죽음을 맞이하기도 합니다.

사람이 생을 마감하는 형태는 다양합니다. 교통사고, 안전사고, 천재지변 등으로 하고 싶은 말 한마디 남기지 못한 채 죽을 수 있고, 전염병에 걸려 단시간 신음하다 죽을 수도 있습니다. 병에 걸려 죽더라도 뇌출혈 등으로 급작스럽게 정신을 잃은 채 식물인간으로 있다가 영영 회복하지 못하고 죽을 수도 있고, 암에 걸려 자신이 점점 죽어간다는 것을 알면서 살다가 죽을 수 있으며, 천수를 누리다 잠을 자듯 죽을 수도 있습니다. 유아기, 청년기, 장년기, 노년기의 시기를 가리지 않고 죽음은 찾아듭니다. 죽음은 언제든, 누구에게라도 현실로 찾아오는 것입니다.

더운 지방에서는 원숭이를 잡기 위해, 원숭이가 손을 넣을 수는 있지만 주먹을 쥐면 뺄 수 없는 구멍을 나무에 만들어 그 안에 원숭이의 먹이를 넣어둔다고 합니다. 원숭이는 먹이를 발견하고 손을 구멍에 넣어 먹이를 집은 채 손을 빼려고 하지만 주먹을 쥔 상태로는 구멍에서 손을 뺄 수가 없습니다. 먹이를 놓고 손을 빼면 빠질 것을, 사람이 다가올 동안 원숭이는 먹이에 대한 욕심 때문에 손을 풀지 않아 사람에게 잡히고 만다고 합니다. 죽음이 다가오고 있는데도 죽는다는 것을 생각하지 못하는 사람은 자신의 욕심을 채우기 위해 어리석게도 죽을 짓을 계속하고 있는지도 모릅니다.

사람들은 언제든 죽음이 닥칠 수 있다는 것은 인정하지만, 그것을 다른 사람의 일로 생각할 뿐입니다. 자신의 일로는 생각하고 싶지도 않은 것이 사람의 마음입니다. 그래서 추상적인 죽음은 생각하지만 자신의 죽음에 대해서는 현실적인 생각을 하지 않습니다. 사람이 살아가고 있다고 하지만 살아가는 나날이 한편으로는 죽어가고 있는 것입니다. 살면서 죽음을 생각하지 않으면 삶의 소중한 가치를 알 수 없고, 어떻게 사는 것이 현명하게 사는 것인지 생각할 여유도 가지지 못합니다. 그러다가 죽음이 찾아오면 받아들이지 못해 억울해하면서 당황하고, 온전히 죽음을 준비하지 못한 채 헛된 삶을 살다가 허망하게 죽어가게 됩니다.

나이를 먹는다고 철이 들고, 의미 있는 일을 깨닫는 것은 아닙니다. 사람은 항상 죽는 연습을 하여 내일 당장 죽더라도 아무런 여한 없이 죽을 수 있어야 합니다. 죽는 연습이란 자신도 언제든지 죽을 수 있다는 것을 현실적으로 인정하면서 어떻게 살아갈 것인가에 대해 고민하는 삶의 문제이고, 막상 죽음이 찾아왔을 때에는 어떻게 온전하게 죽음을 받아들일지를 생각하여 실천하는 것입니다. 죽는 연습은 죽음을 위한 것이 아니라 궁극적으로 삶을 위한 것입니다.

사람은 죽는 연습을 해야 삶의 소중한 가치를 알고 현명하게 살 수 있고, 죽음이 찾아와도 당황하지 않은 채 평화로운 마음으로 맞이할 수가 있습니다. 죽는 연습을 하지 않는 사람은 죽음이 다가오고 있는데도 재물을 더 갖기 위해 싸우고, 사랑해야 될 사람들에 대해서도 미워하고 나무라는 마음을 버리지 못합니다. 막상 죽음이 찾아와도 죽지 않겠다고 몸부림치고, 더 살고 싶어 하면서 억울한 심정으로 죽어갑니다. 그래서야 영혼이 어떻게 편안하게 떠나가겠습니까.

알차고 아름답게 살게 해주는 삶의 덕목들은 많이 있습니다. 그런 삶의 덕목들을 생각하면서 실천하는 것이 올바른 삶을 위한 죽는 연습입니다. 나도 암에 걸림으로써 죽음을 생각하고 죽는 연습을 해온 덕분에 삶의 덕목에 대해 많은 것을 생각하게 되었고, 도움이 될 책도 읽어보았습니다. 암에 걸리지 않았더라면 삶의 덕목과 지혜에 대해 깊게 생각하지도, 그것이 큰 감동으로 절실하게 다가오지도 않았을 것입니다. 병을 발견한 뒤로 많은 시간을 보내면서 죽음을 서서히 받아들이고, 책과 명상을 통해 삶의 덕목과 지혜를 절실하게 받아들이게 된 것은 축복이고 은총입니다. 참된 삶을 위한 덕목과 지혜로운 방법에 대해서는 앞으로 별개의 제목으로 생각을 정리하도록 하겠습니다.

죽는 연습을 하는 목적은 편안한 마음으로 아름답게 철저히 전부를 죽기 위해서입니다. 어떻게 해야 철저히 죽을 수 있을까요?

죽음을 온전하게 밝은 마음으로 받아들여야 합니다. 세상에 태어나면 예외 없이 죽는다는 것을 거부할 수 없는 진리로 받아들여야 합니다. 사람이 자신을 갈고닦아 순수해지려는 것은 진리에 순응하고, 진리에 의존하며, 궁극적으로는 진리에 부합하기 위한 것입니다. 진리가 진리인 데는 이유가 있을 것입니다. 이미 태어난 생명이 죽지 않는다면 새로 태어난 생명이 살 수가 없어 새로운 생명의 탄생이 비극이 되어버립니다. 새로운 생명의 탄생과 생존을 위해 이미 태어난 것은 죽어서 사라져야 하므로 죽음은 '악'이 아니라 '선'입니다. 뒤에 태어날 후손들과 다른 생물들을 위해 죽는 것이 '선'이라는 밝은 마음으로 당당히 죽을 수 있어야 합니다. 진리는 거부할 수 없는 것이므로 이를 거부하는 것은 고통만 가져다줍니다. 죽음에 대한 분노나 공포, 초조함 등은 죽음이라는 진리를 거부하고 이에 반항하여 생기는 고통임을 알고 죽음을 온전히 받아들여야 합니다. 죽음은 살아 있는 동안 열심히 산 대가로 주어지는 평화롭고 영원한 휴식이라는 선물로 받아들여야 합니다.

평온한 마음으로 죽어야 철저히 죽는 것입니다. 사람은 죽는 순간이 중요하고 잘 죽는 것이 중요합니다. 죽는 순간에 이르러 당황하거나 억울한 심정을 갖거나 원한을 가진 채 죽어서는 철저한 죽음이 될 수 없습니다. 죽는 순간에 당황하는 것은 살면서 죽음을 생각하지 않아 죽음에 대한 아무런 준비가 없었기 때문입니다. 그래서 죽는 연습을 하여 죽음에 대비한 삶을 사는 것이 중요합니다. 억울한 심정으로 죽거나 원한을 가진 채 죽는 것은 살면서 화, 분노, 복수심 등 부정적 감정을 없애고 사랑과 용서, 자비 등 긍정적 감정을 키우는 수행을 하지 않았기 때문입니다. 긍정적 감정으로 가득 찬 사람이 억울해하거나 원한에 싸인 채 죽음을 맞는 일은 없습니다.

삶에 대한 집착이나 미련과 근심을 버려야 철저히 죽을 수 있습니다. 사람은 오래 살고 싶어 합니다. 암에 걸려 당장 죽게 된다면 1~2년만 더 살게 해달라고 간절히 바랐다가도, 막상 바라던 시간을 채우고 나면 더 살고 싶어 집니다. 몇 년을 더 살면 아이들이 학업을 마칠 수 있고, 또 몇 년을 더 살게 해주면 아이들을 혼인시킬 수 있겠다고 자꾸만 욕심을 부립니다. 사람의 다른 욕심과 마찬가지로 수명에 대한 욕심도 채워질 수 없는 것입니다. 적은 재물에도 만족해야 마음 부자가 될 수 있듯이 자신의 수명에도 만족할 줄 알아야 넉넉한 마음으로 편안하게 죽을 수 있습니다.

내가 죽으면 아이들 뒷바라지는 어떻게 하나, 홀로 남은 처는 얼마나 외로운 여생을 보낼까, 하며 죽은 뒤에 살아 있을 사람들에 대한 근심을 하기 시작하면 마음에는 먹구름이 몰려와 온전히 죽을 수 없습니다. 현재를 살아야지, 오지도 않은 미래를 근심하는 것은 어리석은 일입니다. 근심한다고 해서 일어날 일을 일어나지 못하게 할 수도 없습니다. 걱정과는 달리 처나 아이들은 남편, 아버지의 죽음이라는 고통을 극복하여 한 단계 성숙한 인생을 살아갈 수도 있을 것입니다.

죽음은 무욕(無慾)과 무념(無念), 무통(無痛)의 영원한 휴식을 주는 것으로 기쁜 마음으로 받아들여야 합니다. 살아가면서 기쁜 때도 있지만 생존을 위해, 절제하기 어려운 욕망의 충족을 위해 쉴 새 없이 일하고, 생존경쟁 속에서 싸우면서 긴장하고 고민하며 걱정과 불안으로 살아가는 것이 사람의 삶입니다. 그러한 고통을 당하며 살아가는 것이 너무 힘들고 괴로울 때도 있습니다. 고통과 불안을 극복하기 위해 신앙생활도 하고 자기 수행도 하지만 고통과 불안에서 완전히 벗어나기는 힘듭니다. 무욕과 무념의 경지에 이르러야 그런 고통과 불안은 사라집니다. 죽음은 우리를 해방시켜 자유롭게 하는 것입니다. 죽는 순간 찾아오는 무욕과 무념, 무통의 경지에 이르러 평화를 찾게 되는 것을 해탈(解脫), 열반(涅槃)으로 말하는 것은 이유가 있는 것입니다. 삶과 죽음, 어느 것이 좋고 어느 것이 나쁘다고 하는 것은 인간의 편견일 뿐, 좋고 나쁘다는 평가의 대상이 될 수 없습니다.

살면서 죽음을 생각하는 죽는 연습을 통해 삶과 죽음의 도리를 깨달을 수 있습니다. 삶과 죽음의 도리를 모른 채 늙고 병들어 죽어가는 인생은 초라합니다. 삶과 죽음의 도리를 알고 실천하면서 사는 하루는 비록 죽음이 눈앞에 있다 해도 의미 있는 날이 될 것입니다.

지금 이 순간에 살기

지금 이 순간을 사는 것은 '있는 그대로를 받아들이는 것' 입니다. 고통은 지금 이 순간에 저항하기 때문에 생기므로 고통의 강도는 저항하는 정도에 달려 있습니다. 마음은 언제나 지금 이 순간을 부정하고, 거기서 탈출하려 합니다. 지금 이 순간을 있는 그대로 받아들이고 존중하면 할수록 고통과 번뇌, 에고의 마음으로부터 자유로워집니다.

사람은 성장하면서 개인적, 사회·문화적 환경 등 주어진 조건에 기초하여 만들어진 이미지로 자신이 누구인지를 만들어간다고 합니다. 여러 가지 주어진 조건에 따라 활동하는 마음을 자기 자신과 동일시하여, 마음의 움직임을 멈추면 자신의 존재가 끝날 것이라고 무의식적으로 믿고 있다고 합니다. 무의식적으로 자기 자신을 마음과 동일시함으로써 거짓된 자아를 만들어내는데, 그 거짓된 자아를 '에고' 라고도 한답니다.

마음과 동일시되는 에고는 현재의 순간에는 존재하지 않고, 과거와 미래만을 중요하게 여길 뿐이랍니다. 에고는 과거에 집착하고 과거를 살아 있게 하려고 하는데, 과거가 없으면 자신이 누구인지를 알 수가 없기 때문입니다. 에고는 또한 미래를 통해 계속적인 생존을 보장받으려고 하고 미래에 대한 기대로 어떤 해방이나 만족감을 얻으려고 합니다. 과거는 우리에게 우리의 정체성을 선물하고, 미래는 어떤 식으로든 구원과 성취를 약속하기 때문입니다. 에고인 마음은 과거와 미래라는 시간이 없으면 기능하지 못하기 때문에 '지금 이 순간'을 부정하고, '지금 이 순간'에서 탈출하려 한다고 합니다.

마음은 과거나 미래가 없으면 자신의 존재가 사라지는 것으로 알고, '지금 이 순간'을 과거와 미래로 덮어버리려고 합니다. 마음은 현재에 머물지 못하고 시간을 타고 과거와 미래를 오가는 것입니다. 마음이 그와 같이 과거와 미래의 시간 속에서 살아가려고 하기 때문에 분노와 후회의 고통을 받고, 걱정과 근심, 공포의 두려움 속에서 살아가게 되는 것입니다. 이 세상을 살아가자면 성과를 측정하고 계획을 세우는 데는 시간이 필요할지도 모르지만 시간이 우리의 삶을 덮고 있는 한 부작용과 고통과 슬픔이 따르기 마련이라는 것입니다.

우리는 살아가면서 다른 사람의 배반, 목적 달성의 실패, 상실이나 버림받음과 같은 감정적 고통을 경험하는데, 그것은 '과거의 것'입니다. 우리가 경험한 과거인 감정적인 고통은 찌꺼기를 남기고, 그 찌꺼기는 이미 자리 잡고 있는 과거에 기인하는 고통과 합쳐져 마음과 몸 속에 자리 잡게 된다고 합니다. 그렇게 마음과 몸 속에 쌓인 감정적 고통은 활동하지 않는 병균과 같이 대부분 잠복 상태에 있다가 과거의 상처를 건드리는 자극에 의해 다시 살아납니다. 그리고 이렇게 다시 살아난 감정적 고통은 더 많은 고통을 원하기도 합니다. 일단 과거의 회한에 싸여 감정적 고통을 되새기면 더 깊은 고통으로 빠져들거나 그 고통을 유지하려는 경향이 마음에 있다는 것입니다. 분노나 증오, 비탄과 후회의 고통스런 감정은 과거에 머물러 있기 때문에 생기는 것입니다.

심리적인 두려움은 불안, 근심, 초조, 긴장, 공포 등의 모습으로 찾아옵니다. 이런 두려움은 지금 일어나고 있는 일에 대한 것이 아니라 장차 일어날지도 모를 일에 대한 것이 대부분입니다. 우리의 마음이 미래에 가 있으므로 조바심이 생기는 것입니다.

두려움은 상실에 대한 두려움, 실패에 대한 두려움, 상처받는 두려움 등의 원인으로 생기는 것이지만 궁극적으로 모든 두려움은 죽음과 소멸에 대한 두려움에서 오는 것이라고 합니다. 마음이 미래에 있으면서 마음 한구석에는 죽음에 대한 두려움이 있기 때문입니다.

탐욕도 외부 세계와 미래에서 구원이나 만족을 추구하는 마음입니다. 나와 나의 마음을 동일시하는 거짓된 자아인 에고로 존재하는 한, 마음이 미래에 머물면서 생기는 탐욕과 욕구, 바람과 애착 등을 벗어날 수 없고, 그러한 욕망이나 집착에 싸여서는 고통에서 벗어날 수 없는 것입니다.

과거나 미래는 시간 속의 환상이고, 유일하게 존재하는 것은 '지금'입니다. 어떤 일도 지금이 아닌 과거나 미래 속에서 일어날 수 없습니다. 과거의 일도 지금 속에서 '일어난' 것이고, 미래의 일은 지금 속에서 '일어날' 것입니다. 과거와 미래는 분명 실재하지 않는 것입니다. 우리의 삶이 펼쳐지는 무대는 '영원한 현재'인 지금이고, 지금이 아닌 삶은 결코 존재한 적이 없고, 앞으로도 존재할 수 없을 것입니다.

'지금 이 순간'에 머물면 과거와 미래라는 시간을 먹고 사는 마음이 사라집니다. 음식을 만들거나 설거지를 하거나 빨래를 하거나 오직 지금 하는 일에 열중하면 과거나 미래에 머물려고 하는 마음이 생길 수 없습니다. 모든 것은 마음이 만듭니다 (一切唯心造). 마음이 사라지면 고통이나 두려움이 있을 수 없고, 마음의 스크린을 거치지 않은 채 사물의 실체를 보는 '현존'을 맛볼 수 있습니다. 영적 스승들은 지금 이 순간에 있는 것이야말로 영적 차원으로 들어가는 열쇠라고 보았습니다. 기독교에서는 "내일 일을 걱정하지 말라. 내일의 걱정은 내일에 맡기라", "쟁기를 잡고 자꾸만 뒤를 돌아보는 사람은 하느님 나라에 들어갈 자격이 없다"라고 합니다. 불교의 선(禪)의 핵심도 칼날 위를 걷듯 예리하게 깨어 있는 것으로 '지금 여기'에 현존하는 것입니다.

지금 이 순간을 사는 것은 '있는 그대로를 받아들이는 것' 입니다. 고통은 지금 이 순간에 저항하기 때문에 생기므로 고통의 강도는 저항하는 정도에 달려 있습니다. 마음은 언제나 지금 이 순간을 부정하고, 거기서 탈출하려 합니다. 지금 이 순간을 있는 그대로 받아들이고 존중하면 할수록 고통과 번뇌, 에고의 마음으로부터 자유로워집니다. 감정적 고통을 준 과거의 일이나, 과거의 잘못에 기인한 현재의 상태는 저항한다고 바뀔 수 없습니다. 오로지 '받아들임' 으로써만 마음의 평화를 찾을 수 있습니다. '지금 여기'에 대해 우리에게는 세 가지 선택권이 있습니다. 그 상황을 벗어나거나, 변화시키거나, 전적으로 받아들이는 것입니다. 우리는 상황에 대해 세 가지 중 선택을 하고, 그 결과를 받아들여 변명이나 부정적 감정을 없애야 합니다.

행동의 결과에 연연하지 않고, 행위 자체에 주의를 기울이는 것이 지금 여기에 사는 것입니다. 행동의 결과에 연연하는 것은 현재에 있는 것이 아니라 마음이 미래에 있는 것입니다. 주의력을 지금 하는 일에 집중하는 순간 고요와 평화를 느낄 수 있고, 만족과 성취를 미래에 기대하지 않게 되므로 그 결과에 초연할 수 있습니다. 학생이 시험 결과에, 운동선수가 시합 결과에, 드라마 작가가 시청률에 연연하면 불안하고 초조하여 평화를 잃게 되지만 일 자체에 집중하면 일을 즐기면서 쫓기듯 살지 않을 수 있는 것입니다.

미래의 걱정이나 근심, 공포로부터 해방되기 위해서는 '내맡김'을 해야 합니다. 우리가 걱정하는 미래는 실재하지 않는 신기루와 같습니다. 실재하지 않는 환상 속의 것에 대해서는 현실적인 대응을 할 수가 없습니다. 의지를 반영할 수 없는 일에 대해 불안해하고 걱정하는 것은 정신적 에너지의 낭비이므로 '내맡김' 해야 합니다. '내맡김'을 통해 우리는 미래의 불안으로부터 자유로워질 수가 있습니다.

지금 여기에 살기 위해서는 기다림이라는 마음 상태를 버려야 합니다. 우리는 습관적으로 기다려왔습니다. 하루 일이 끝나기를 기다리고, 다음 휴가를 기다리고, 아이들이 다 자랄 때를 기다리고, 더 나은 직장을 기다리고, 성공하고 부자가 되기를 기다리고, 크게는 깨달을 날을 기다려왔습니다. 정말 잘 살아보겠다고 평생을 기다리는 사람도 있습니다. 기다림은 현재가 아닌 미래를 원하는 마음입니다. 그러나 기다림이라는 것은 우리가 원하지 않는 '지금 여기'와 원하는 것이 실현될 기대가 걸려 있는 '미래' 사이에 갈등을 만들어 현재를 잃어버리게 합니다. 살아가면서 목표를 세우고 노력하는 것이 잘못되었다는 것이 아니라, 목표를 귀중한 '지금 여기'의 대용물로 생각하여 귀중한 것을 잃게 한다는 것입니다. 기다리는 마음 상태를 버리고, 기다림 속에 빠져드는 자신을 끌어내어 '지금 여기' 현존의 상태에 들어가 존재하게 해야 합니다.

'지금 이 순간을 살기' 위해서는 지금 이 순간이 완전하고 온전하다는 인식이 필요합니다. 모든 존재가 지금 이 순간 불완전하고 모자라는 상태여서 시간의 흐름에 따라 완전한 것으로 완성되어가는 것이 아닙니다. 지금 현재의 모습이나 상황은 나름대로 의미 있는 완전한 상태입니다. 나무는 나무대로, 풀은 풀대로 나름의 존재 가치가 있는 것과 마찬가지로, 사람도 부자이건 가난한 사람이건, 지식이 많든 적든 현재 그 상태로 존재 의의가 있고 완전하고 온전한 것입니다. 좀 더 돈을 벌어야, 지식을 더 많이 쌓아야, 더 성공해야 완전한 상태로 되는 것이 아닙니다. 그런 식으로 완전을 구한다면 결코 완전하고 온전한 것은 존재하지 않습니다. 우리가 지금 이 순간을 주목하고 존중하면서 현재에 충실하면 평화와 기쁨이 찾아들 것입니다.

우리는 '지금' 속에 머물러 사는 것을 부정하고 저항하는 오랜 습관에 젖어 살아왔습니다. 마음이 시간을 따라 과거와 미래 속으로 잠겨 들어갈 때마다 그 마음을 거두어들여 시간의 차원에서 빠져나와야 합니다. '지금'으로부터 도피하려는 마음을 잘 관찰하여 현재에 있지 않다고 깨닫는 순간 과거나 미래의 함정에서 빠져나와 현재에 머물러야 합니다.

2007년 연말, 첫 번째로 간 부위에 암이 재발되어 실의와 낙담에 빠져 있을 때 『지금 이 순간을 살아라』(에크하르크 톨레 지음)라는 책을 읽고 당시의 고통을 어느 정도 극복할 수 있었습니다. 책의 내용이 난해하고 기억하기 어려웠지만 나름대로 그 책의 내용 중 중요하다고 생각되는 부분과 이해하고 느낀 부분을 정리해보았습니다. '지금 이 순간에 사는 것'에 대한 나의 생각도 정리되고, 실천의 의지도 다지게 되는 것 같습니다.

지금 이 순간에 살지 않고 과거에 머문다면 나는 평소 설사가 잦은데도 일 욕심 때문에 건강검진을 제대로 하지 않았고, 더구나 변에 혈흔이 묻어 나오는데도 그냥 지나친 것에 대한 분노와 한탄, 후회스런 감정에 묻혀 살아야 할 것입니다. 그리고 마음을 미래에 둔다면 죽음이 다가오고 있다는 사실과 죽는 순간에 다가갈수록 심해질 신체적 통증에 대한 두려움과 공포로 괴로워해야 할 것입니다. 대부분의 시간을 지금 이 순간에 머물러 집중하며 살아가다 보니 과거에 대한 분노나 후회, 미래에 대한 두려움을 느끼는 시간이 점차 줄어들게 된 것으로 믿습니다.

암은 죽음이라는 무서운 결과를 안겨주지만 죽음에 이르기 직전까지는 큰 육체적 고통이나 불편을 주지 않는 것 같습니다. 내 몸이 만든 것이어서, 계속하여 성장한다는 것 이외에는 다른 정상적인 세포와 다르지 않다 보니 어느 정도 성장할 때까지는 정상 세포와 싸우지도 않고, 그 자체로서는 생리적 이상을 생기게 하지도 않는 것 같습니다. 다른 병균이나 바이러스에 감염되면 내 몸과 이질적인 것이어서 서로 싸우다 보면 열이 나는 등으로 몸이 고통스러운데 말입니다. '지금 이 순간' 까지 얌전한 암세포 덕분에 체력에 문제가 없고, 무엇보다 통증이 없어 '지금 이 순간'에 살면 아무런 고통도 번민도 없으니 좋습니다.

톨스토이도 "가장 중요한 때는 현재이고, 가장 중요한 것은 지금 하고 있는 일이고, 가장 중요한 사람은 지금 만나고 있는 사람이다"라고 했습니다. 지금 이 순간이 최고의 순간이고, 오늘이 생애 최고의 날이라는 생각으로 지금 이 순간에 최선을 다해 최대한으로 살아야 합니다.

밝은 마음으로 살기

암이 나에게 가져다준 밝은 면을 바라보면서 긍정적인 마음을 가지려고 노력했습니다. 그렇게 생각하니 암이 인생을 알게 해준 축복이라는 생각까지 들었습니다. 암은 아무 일이 없었던 순간들이 지루하고 무의미한 것이 아니라 얼마나 행복한 순간이었는지를 알게 해주었습니다.

밝은 마음을 가지면 가슴이 대낮같이 환한 빛으로 밝아져 즐겁고 기쁘게 살아갈 수 있습니다. 하지만 어두운 마음을 가지면 먹구름이 빛을 가려 암흑의 구렁텅이에 빠진 것처럼 가슴이 암울함으로 가득 차 하루하루가 괴로운 시간이 됩니다. 우리의 마음은 한곳에 머물지 않고 이곳저곳을 뛰어다녀 햇빛이 찬란한 천국을 만들어 천사같이 되었다가, 한순간 악마의 얼굴로 나타나 미망으로 떨어져 지옥에서 헤매게 합니다. 천당과 지옥은 죽어서 가는 곳이 아니라 살아생전에 마음먹기에 따라 오가는 곳입니다.

붙잡아두기 어려운 것이 마음이지만 밝은 곳에서 머물게 해야 합니다. 밝은 마음은 환하게 활짝 웃는 마음이고, 얼굴에 잔잔한 미소가 흐르게 하는 마음입니다. 밝은 마음은 내가 환하게 웃는 마음이므로 스스로가 즐겁고, 무엇보다 주위를 밝게 하여 주변 사람들에게도 행복을 안겨줍니다. 지금 당장에라도 시험해보면 알 수 있습니다. 내가 밝게 웃으면 상대방은 자기도 모르게 나를 따라 환하게 미소 지을 것입니다. 이처럼 밝은 마음을 갖는 것은 나와 상대방을, 나아가 사회와 세상을 밝고 아름답게 합니다.

밝은 면을 보는 긍정적인 마음을 가져야 밝은 마음이 됩니다. 밝은 마음은 이틀의 낮과 밤에 대해 두 개의 밤을 보는 것이 아니라 두 개의 낮을 생각하는 것입니다. 장미에 있는 가시를 탓하는 것이 아니라 가시에도 아름다운 꽃이 피는 것을 아는 것입니다. 어둠 속에도 빛이 있고, 빛을 잃은 완전한 어둠은 있을 수 없습니다. 사람의 일에도 어두운 면이 있다면 반드시 밝은 면이 있습니다. 어떤 일에서도 밝은 면, 긍정적인 면을 생각해야 밝은 마음을 가질 수 있습니다. 사업에 실패하여 가진 것이 없게 된다 해도 경험과 인간관계라는 재산은 남습니다. 사고를 당해 불구가 되었더라도 맑은 정신은 남아 있고, 자신을 걱정해주고 보호해주는 가족의 사랑을 알게 됩니다.

잃은 것이 있다면 아직도 남아 있는 것을 생각하고, 경제적 손해를 보았다면 상대방에게 득을 주어 적선(積善)을 했다고 생각하면 밝은 마음을 가질 수 있습니다.

분노나 후회, 걱정과 근심 등 부정적 감정을 사라지게 해야 밝은 마음이 됩니다. 부정적인 감정은 검은 구름과 같으므로 검은 구름을 사라지게 해야 밝은 태양이 빛나듯 부정적 마음을 사라지게 해야 밝은 마음이 자리 잡을 수 있습니다. 분노는 정신적, 재산적 피해를 입었을 때 생기는 감정이고, 후회는 자기가 한 판단이나 일이 잘못되었을 때 생기는 감정으로 모두 지나간 일에 대한 것입니다. 시간은 거꾸로 돌릴 수 없으므로 화를 내고 후회한다고 해도 이미 일어난 일은 바꿀 수 없습니다.

걱정과 근심은 미래에 대한 부정적 감정입니다. 미래는 아무도 알 수 없는 신의 영역입니다. 알 수 없는 일이므로 불안해할 이유도 없습니다. 그러므로 미래의 일은 미래에 맡겨두고 현재는 밝은 마음으로 살아야 합니다. '맡겨둔다'는 것이 미래에 대한 부정적 감정을 없애는 핵심입니다. 현재를 열심히 살고 미래는 세상의 섭리에 맡겨두어야 합니다. 혹시 일이 잘못되더라도 그때에 가서 그 일을 긍정적인 마음으로 해결하면 되는 것입니다.

분노나 후회, 걱정과 근심 같은 부정적인 감정은 마음이 지금에 머물러 있지 않고, 시간을 따라 과거나 미래를 오가고 있기 때문에 생깁니다. 그러므로 마음을 지금 이 순간에 머물러 있게 해야만 부정적인 감정에 빠지지 않습니다. 지금 하고 있는 일에 집중하고, 지금 만나고 있는 사람과의 대화에 집중하면서 매 순간을 열심히 살면 부정적 감정은 없어질 수 있습니다.

친절과 사랑, 용서와 자비 같은 긍정적 감정을 가져야 밝은 마음이 될 수 있습니다. 그와 같은 긍정적 감정이야말로 마음을 밝혀주는 밝은 햇살입니다. 별개이면서도 하나인 긍정적인 감정에 대해서는 따로 제목으로 나누어 그런 감정을 어떻게 키워나갈지에 대해 상세히 생각해보겠습니다.

신으로부터 사랑과 보호를 받고 있다는 감정에서도 밝은 마음이 옵니다. 신앙생활을 열심히 하여 신을 숭배하고 가르침을 따르면서 간절한 마음의 기도를 계속하면 신의 사랑과 보호를 받고 있다는 믿음도 커질 것입니다. 그런 믿음이 있으면 잘못될 수도 있다는 불안이 사라지므로 마음이 밝아질 것입니다.

진리를 깨닫고 깨어 있는 마음으로 살아가야 영원한 밝은 마음으로 살아갈 수 있습니다. 수행자들이 생의 모든 것을 걸고 정진하는 것은 진리를 깨달아 밝은 마음으로 살아가기 위한 것입니다. 진리의 깨달음이야말로 생을 걸고 도전할 가치 있는 것이라 확신하면서 말입니다. 깨달음을 얻은 자는 마음이 밝아져 얼굴에 잔잔한 미소가 흐릅니다. 부처님의 얼굴에 흐르는 미소는 깨달음에서 온 기쁨의 표현입니다. 깨달은 자의 얼굴은 어두울 수 없습니다. 예수님이나 마호메트 같은 큰 깨달음을 얻은 성인들의 얼굴도 항상 밝고 온화했을 것입니다. 딱딱하거나 고통스러운 얼굴을 하면서 깨달았다고 하는 것은 아직 진정한 깨달음에 이르지 못했거나 깨달음을 실천하지 않고 있음을 드러내는 것일 뿐입니다.

내가 말기 암 환자라는 것을 처음 알았을 때에는 암흑의 구렁텅이에 빠진 양 어두운 마음에서 헤어날 수 없었습니다. 변에 혈흔이 묻어 나오는 이상 징후를 발견하고도 병원에 가지 않은 자신을 용서할 수 없었고, 일이 바쁘다는 이유로 건강검진 한 번 받지 않은 자신이 한탄스러웠습니다. 더구나 병을 뒤늦게 발견하여 치료의 가능성이 희박하다는 것을 알았을 때 죽음의 공포라는 먹구름이 찾아와 마음은 암흑으로 변해 지옥에서 살아가는 기분을 느꼈습니다.

시간이 지나면서 나 자신의 잘못에 대해 화를 내고 후회하는 것이 아무런 득이 되지 않는 어리석은 일임을 깨닫게 되었고, 현재의 모든 상황을 순순히 받아들였습니다. 병의 치료도 내 의지나 의사의 마음대로 되지 않는 것을 알고 하나하나의 결과에 연연하지 않고 내맡김 하기로 했습니다.

암이 나에게 가져다준 밝은 면을 바라보면서 긍정적인 마음을 가지려고 노력했습니다. 그렇게 생각하니 암이 인생을 알게 해준 축복이라는 생각까지 들었습니다. 암은 아무 일이 없었던 순간들이 지루하고 무의미한 것이 아니라 얼마나 행복한 순간이었는지를 알게 해주었습니다. 죽음을 생각하면서 탐욕과 갈등, 분쟁이 얼마나 하잘것없는 것인지도 알게 되었고, 겸손이 마음속에 자리 잡는 것도 알게 되었습니다. 암에 걸리지 않았다면 그냥 지나칠 수도 있었던 인생의 덕목들이 너무도 생생하게 가슴에 파고들어 많은 것을 깨닫게 해주었고, 사랑과 친절, 용서와 자비 등 긍정적 감정들을 키워나가다 보니 어떤 어려운 상황에서도 삶은 의미가 있다는 것을 알게 되어 암흑 같았던 마음은 빛으로 환하게 밝아졌습니다.

나의 마음 깊은 곳, 무의식에는 아직도 죽음의 불안이 자리 잡고 있는 것이 사실입니다. 그러나 적어도 깨어 있는 마음으로 있는 한 병을 발견하기 전보다는 더 밝은 마음으로 기쁘게 살고 있다는 것은 확실합니다. 나 자신만의 생각이 아니라 다른 사람들도 그런 느낌을 받고 있는 것 같습니다. 어쩌다가 나에게 전화를 하는 사람마다 내 목소리가 밝아 좋다는 것입니다. 그 사람들은 나의 소식을 듣고 걱정이 되어 전화를 했다가 실의에 빠진 힘없는 목소리가 아닌 밝고 따뜻한 목소리에 놀라는 것입니다. 사람들과 잘 만나지는 않습니다만 간혹 만나는 사람들은 나의 밝은 모습에 함께 밝아집니다.

밝은 마음을 갖고 살아가면 어두운 마음으로 살아온 때에는 알 수 없었던 새로운 세상이 펼쳐집니다. 삶 중에 기쁜 때는 잠깐이고 괴롭고 슬플 때가 많다는 생각을 해온 것에 대해 왜 그랬을까 하는 생각이 듭니다. 산다는 것이 기쁘고, 살아 있다는 것이 환희인 세상입니다. 인생은 오래 사는 것이 중요한 것이 아니라, 밝고 기쁘게 사는 것이 중요합니다.

느린 마음 갖기

느린 마음으로 산다는 것은 게으르게 산다는 것이 아닙니다. 해야 할 일을 하지 않거나 미루는 나태함이 아니라, 하지 말아야 될 일은 하지 않고, 해야 할 일은 집중해서 함으로써 여유 있게 사는 것입니다.

하루 세끼 식사 해결이 어려웠던 6·25 직후 너무나 가난한 시절에, 사람이 넘쳐나는 좁은 땅을 가진 나라에서 태어나 자랐습니다. 살아남기 위해서는 치열한 경쟁에서 뒤처져서는 안 되었고, 남보다 출세하고 잘살기 위해서 경쟁에서 이겨야 했고, 최고가 되어야 했습니다. 경쟁에서 이기고 최고가 되기 위해서는 남들보다 많이 일하고, 새로운 정보도 더 많이 알아야 하고, 더 많은 사람을 만나야 했습니다. 그렇게 사니 항상 시간이 부족하고, 마음은 내쫓기며 바쁘게 달리는 생활이 일상화되어버렸습니다.

그런 바쁜 삶은 팽팽하게 늘어난 고무줄같이 잘못 건드리면

끊어질지 모를 긴장의 연속이었고, 여유가 없었습니다. 마음은 혹시나 잘못되지 않을까 늘 불안하고 초조했고, 긴장되고 초조한 상황에서 살다 보니 경쟁에서 뒤처졌다고 생각되면 금방 화가 나, 스스로를 괴롭히기도 했습니다. 마음의 여유가 없어 논다는 것 자체가 불안하므로 제대로 쉴 수도 없었습니다. 경쟁은 총칼을 들지 않았다 뿐이지 사실상 전쟁과 같아서 공격적이거나 폭력적이 되기 쉽고, 때로는 속이거나 법과 규칙을 어겨야 할 때도 있었습니다.

긴장과 불안, 초조, 분노와 한탄, 공격적이고 범죄적인 마음을 가지면 마음은 고요를 잃고, 흔들리면서 바빠집니다. 마음이 바빠지면 몸도 따라가 심장도, 호흡도 빨라지면서 몸에 나쁜 호르몬이 생겨 병이 되기도 합니다. 그런 부정적 감정으로 바빠진 마음이 오랫동안 지속되면 어느 사이에 성격도 부정적으로 변해가고, 자신을 불행스런 감정으로 몰아가게 됩니다. 경제적으로나 사회적으로 성공을 했다 하더라도 보람을 느낄 수 없고, 마음은 허전하고 항상 무슨 잘못이 생기지 않을까 하는 불안으로 가득합니다. 바쁜 마음으로 지친 몸에는 병이 생기거나, 병이 되지 않더라도 병이 쉽게 생길 수 있는 피곤한 상태로 살아가게 됩니다.

그런 바쁜 생활, 바쁜 마음에서 벗어나 천천히, 느린 마음으로 살아야 합니다. 느린 마음으로 산다는 것은 게으르게 산다는 것이 아닙니다. 해야 할 일을 하지 않거나 미루는 나태함이 아니라, 하지 말아야 될 일은 하지 않고, 해야 할 일은 집중해서 함으로써 여유 있게 사는 것입니다. 보람 있는 일을 성취하기 위해서는 반드시 미치도록 바쁘게 살아야 하는 것이 아닙니다. 얼마나 일을 했느냐보다는 어떻게 일을 했느냐가 더 중요합니다. 느린 마음으로 살면 삶이나 생활의 많은 면에서 긍정적인 효과를 기대할 수 있습니다.

느린 마음으로 살면 삶이 더 풍부해지고, 알차게 됩니다. 느린 마음으로 산다는 것은 살아가는 하나하나에 대해 느끼면서 정신을 집중하여 살아가는 것을 말합니다. 책을 읽는 방법에는 속독과 정독이 있는데 실험 결과에 의하면 속독을 한 사람은 책의 중요 부분만 기억하지만, 조금만 시간이 지나면 기억한 부분도 대부분 잊어버리게 된다고 합니다. 반면 정독을 한 사람은 오랫동안 책의 내용은 물론이고 책을 읽으면서 느낀 감정과 의미를 상세하게 기억한다고 합니다. 사람이 사는 것도 그렇습니다. 대충 바쁘게 살아가면 나중에는 남는 것이 없습니다. 천천히 느린 마음으로 하나하나에 정신을 집중하여 살아가면 삶의 매 순간을 느끼고, 기억하게 됩니다. 느리고 여유 있는 마음을 가져야만 아침에 창문을 열었을 때 스며드는 맑고 찬 공기를 느낄 수 있습니다. 햇빛에 반사되어 반짝이며 춤추는 나뭇잎의 아름다움을 볼 수 있고, 클래식 음악의 아름다운 선율에 귀 기울일 수 있습니다. 느린 마음으로 느긋하게 사는 것은 삶을 더욱 풍부하고 알차게 합니다.

느린 마음으로 사는 것이 온전하게 현재에 살게 하는 것입니다. 밥을 먹으면서 사무실 일을 생각하거나 다른 일을 생각하면 마음은 여러 가지를 생각해야 하므로 바빠지고, 집중도 되지 않습니다. 느린 마음으로 사는 것은 현재 자신이 하고 있는 일에만 집중하여 느끼면서 사는 것이므로 온전하게 현재에 사는 것입니다. 과거는 지나간 현재이고 미래는 다가올 현재이므로 엄격히 말해 과거나 미래는 존재하지 않고, 존재하는 것은 오직 현재일 뿐입니다. 그러므로 지금 이 순간을 최선을 다해 사는 것이 삶에 최대한으로 충실하는 것입니다. 느린 마음으로 사는 것이야말로 최선을 다해 현재의 삶을 사는 길입니다.

느린 마음을 갖게 되면 부정적인 생각이 사라지고, 마음이 밝고 환해집니다. 불안, 걱정, 공포와 분노, 화 등 부정적인 생각은 사람의 마음을 바쁘게 하는 것인데, 꽃을 보고 아름다움을 느끼면서 불안이나 걱정, 분노를 느낄 수 없듯이 사람은 동시에 모순된 두 가지의 마음을 가질 수 없습니다. 느린 마음은 사랑이나 용서, 자비, 감사 등 긍정적인 마음에서 오는 것이므로 그러한 마음을 가지면서 부정적인 생각을 할 수가 없는 것입니다. 부정적인 생각이 마음에서 떠나고, 긍정적인 생각이 마음에 자리 잡으면 마음이 밝고 환하게 되는 것은 너무나 당연합니다.

느린 마음은 올바른 판단을 하게 합니다. 바쁜 마음을 가지고 매사를 바쁘게 처리하려다 보면 반사적으로 반응하며 살아갈 수밖에 없습니다. 그렇게 살아가다 보면 실수가 잦고, 나중에 후회하는 결정을 내리는 경우가 많습니다. 여유로이 느린 마음을 가지면 잠시 멈추어서 생각하여 판단할 수 있으므로 올바른 판단을 하여 좋은 결과를 얻을 수 있습니다. 간혹 결과가 잘못되는 일이 있다 하더라도 숙고하여 결정한 것이므로 후회는 하지 않을 것입니다. 느린 마음으로 사는 것이 현실적으로도 실리적으로 사는 길입니다.

느린 마음으로 살면 좋은 인간관계가 형성됩니다. 바쁜 마음은 자신만의 생각으로 마음이 가득 차 빈자리가 없습니다. 마음에 빈자리가 없으면 아무것도 받아들일 수 없고, 무엇도 들어올 여유가 없게 됩니다. 바쁜 마음을 가진 사람은 자기가 할 말이나 할 일로 마음이 가득 차 다른 사람의 말을 듣거나 다른 사람을 배려할 여유가 없습니다. 바쁜 마음은 이기적인 마음이라 할 수 있습니다. 좋은 인간관계는 다른 사람의 말을 경청하고 그 생각을 헤아리고 배려할 때 생겨 유지되는 것입니다. 그것은 느린 마음에서 비롯됩니다.

느린 마음은 삶을 편안하게 하고, 건강을 가져다줍니다. 느린 마음은 느긋하고 여유롭게 생각하는 마음에서 오므로 삶과 생각이 편안해집니다. 삶과 생각이 편안하면 신체의 긴장이 풀리므로 몸의 순환과 소화 기능 등 모든 생리작용도 긍정적으로 작용하여 정신적으로나 육체적으로 건강이 좋아지게 됩니다. 그래서 느린 마음이 건강한 마음이고, 바쁜 마음은 병든 마음이라고 합니다.

느린 마음을 가지면 삶이 긍정적으로 바뀌게 되는 것이 맞지만 경쟁 사회에서, 정보의 홍수 속에서 살아가면서 느린 마음을 갖기는 쉽지가 않습니다. 길을 알지 못하는 무지로 잘못된 길을 갈 수는 있지만 옳은 길을 깨우치면 그것을 따라야 하는 것이 사람으로서의 도리입니다. 느린 마음으로 가는 것은 바쁜 생활이 오랫동안 몸에 익은 사람에게는 마음만으로 되지 않고, 몸과 마음을 바르게 가지는 수행으로 끊임없이 노력해야 그 길이 조금씩 열릴 것입니다. 바쁜 마음에서 벗어나 느린 마음으로 살아가려면 어떻게 살아야 될까요?

생활을 단순화해야 느린 마음으로 살 수 있습니다. 지금까지 살아왔던 생활을 살펴보아 하지 않아도 될 일은 과감히 정리하여 생활을 단순화해야만 시간적 여유가 생깁니다. 참석해온 여러 모임 중에서 탈퇴해도 되고, 매번 참석하지 않아도 될 모임은 없는지를 살펴보아 불필요한 인간관계를 줄여야 합니다. 각종 경조사 등에 체면치레나 의무감으로 참석하는 것도 줄여야 합니다. 인터넷 서핑이나 텔레비전 시청을 단지 습관적으로 반복하고 있진 않은지도 반성해봐야 합니다. 이것저것 취미가 너무 많아 시간이 없는 것이 아닌지도 살펴보아야 합니다. 생활이 단순해짐으로 인한 여유 자체가 사람을 즐겁게 하고, 그 여유는 마음을 느리게 할 것입니다.

느린 마음으로 살기 위해서는 욕심을 줄여야 합니다. 욕심이라는 것은 어떤 상태가 되기를 바라는 마음입니다. 욕심을 많이 가지면 바쁘고, 욕심을 줄이면 여유로워집니다. 한 시간에 만 원을 벌 수 있는 사람이 하루에 20만 원을 벌겠다는 욕심을 가지면 스무 시간을 일해야 하고, 5만 원을 벌겠다고 생각하면 다섯 시간만 일하면 됩니다. 많은 일을 하루에 끝내겠다는 것은 욕심을 부리는 것이고, 자신의 재산이나 사업이 객관적으로 충분함에도 더 가지고 더 번성시켜야겠다는 것도 욕심입니다. 욕심을 줄이는 것은 어려운 수행이지만 모든 화의 근원이 욕심에서 비롯되는 것도 알아야 합니다.

긍정적인 감정을 가져야 마음이 느려집니다. 긍정적인 감정은 사랑과 용서, 자비, 감사 등 우리를 영적으로 맑고 순수하게 승화시키는 감정입니다. 긍정적인 감정은 걱정이나 불안, 공포 등 부정적인 감정과는 달리 마음의 갈등이나 초조함이 없는 상태이므로 마음을 느리고 평화롭게 합니다. 긍정적인 감정을 키우고 간직하는 가장 좋은 방법은 명상입니다. 명상을 통해 매일 영적으로 고양시키는 생각을 반복하면서, 그 생각한 것을 실천해나가면 점점 긍정적인 감정을 키울 수 있습니다.

한순간 한순간을 분명히 느끼며, 일사일념(一事一念)으로 살아야

합니다. 매 순간 자신이 하고 있는 행동이나 주위를 분명히 느끼면서 살아가는 것이 느린 마음을 갖는 길입니다. 식사를 할 때는 어떤 음식을 먹고 있고, 맛은 어떤지를 느끼면서 천천히 먹어야 합니다. 샤워를 할 때는 물의 온도를 느끼고, 어떤 부위를 씻는지를 분명히 느끼면서 해야 합니다. 운전할 때도, 음식을 만들 때에도, 설거지를 하면서도 마찬가지입니다. 식사를 하면서 신문 기사를 생각하고, 샤워를 하면서 집안일을 걱정하고, 운전을 하면서 도착해서 할 일을 생각해서는 마음이 바빠집니다. 어떤 일을 하더라도 하는 일에 집중해야지 다른 일을 생각하면 마음이 분주해집니다.

여유롭고 느긋하며 편안한 마음을 가져야 마음이 느려집니다. 여유 있고 느긋한 마음을 가지고 운전을 하면, 끼어들기를 하는 차량들에 대해서도 관대해질 뿐만 아니라 양보했다는 마음에서 기분이 좋아지고, 막히는 길에서도 짜증이 나지 않습니다. 느긋한 마음은 여행을 끝내고 집에 도착해 쉬는 마음과 같습니다. 무엇을 해야 하거나 이룩해야 될 초조감이 사라져 쉴 수 있게 됩니다. 일시적으로 불안감이 찾아오더라도 긴 호흡을 반복하면서 일부러라도 얼굴에 미소를 지으면서 긍정적인 마음을 가지려고 노력하면 편안한 마음이 자리 잡습니다.

사람은 늙어가고, 더구나 죽음이 예견된 병이 들어 삶이 얼마 남지 않았다는 것을 알게 되면 그동안 해보지 못한 것을 해보고 무언가를 남겨야겠다는 생각에 초조해지고, 죽음에 대한 불안과 공포에 휩싸일 수 있습니다. 그런 때일수록 누구보다도 더 느린 마음을 갖는 수행을 해야 합니다. 느린 마음을 갖는 것이 남은 삶의 평화와 평온한 죽음을 위해 필요하기 때문입니다. 병 치료 때문에 사람들과 거의 만나지 않고, 바쁜 경제적 일상에서 해방되어 일하는 시간도 적다 보니 시간적 여유가 생겨 내가 바라는 일만 하면서 한가롭게 살 수 있게 되었습니다. 이제 긴 여행길에서 돌아와 집에 도착한 기분을 갖고, 더 이상 이룩해야 해야 할 것이 없는 욕심 없는 느긋한 마음으로 천천히, 편안하게 살아가겠습니다.

죽은 것처럼 살기

죽었다고 생각하니 죽는다는 걱정 외에는 다른 잔잔한 걱정
이 없어져서 마음 편한 면도 있었습니다. 그런데 희한하게도 살
아날 수 있겠다는 생각을 하니 앞으로 살아야 될 현실적인 여러
일로 마음이 흔들려 오히려 편안하지 못한 때가 많았습니다.

　　　　　"병이 나아 당신과 좋은 곳에도 가고, 맛있는 것
도 사주려고 했는데 미안해."

나의 병을 고치기 위해 열심히 뒷바라지를 해왔는데 또다시
재발한 게 미안해 처에게 말했습니다.

"병을 발견했을 때나 처음 재발했을 때는 꼭 나아 건강하게
함께 지내길 바랐어요. 이번에 또 재발을 하니 이젠 욕심은 부
리지 말고, 차라리 죽었다고 생각하고 하루하루 즐겁게 살았
으면 해요."

처의 이야기는 치료를 기대하지 않는다거나 치료를 포기하
자는 말이 아닙니다. 치료에 연연해 초조하게 지내지 말고 차

라리 이미 죽었다는 기분으로 살자는 것입니다.

병이 있다는 것을 안 이후 지금까지 치료해오면서 다시 건강해질 수 있다는 기대를 가졌던 시간도 있습니다. 처음 두 번의 수술 뒤 종양이 사라졌던 몇 개월간이 그랬습니다. 병을 처음 안 때나 재발된 직후에는 잠시 절망 상태로 지내긴 했어도 이젠 꼼짝없이 죽었다고 생각하니 죽는다는 걱정 외에는 다른 잔잔한 걱정이 없어져서 마음 편한 면도 있었습니다. 그런데 희한하게도 살아날 수 있겠다는 생각을 하니 앞으로 살아야 될 현실적인 여러 일로 마음이 흔들려 오히려 편안하지 못한 때가 많았습니다. 이미 죽은 것처럼 살면 마음이 편안해지다니, 사람의 마음이란 참 이상하기도 합니다.

죽은 것처럼 살면 일희일비하지 않게 됩니다. 치료가 잘되어 꼭 살기를 바라는 사람은 치료 과정과 치료 결과에 대해 근심하고 일희일비하여 마음이 흔들리게 됩니다. 백혈구 등 혈액 검사상의 수치가 좋지 않게 나오면 항암 치료를 못 받을까 봐 노심초사하게 되고, 배 속 가스가 많이 차 혹시 방사선 치료가 안 되지 않을까 걱정하게 됩니다. 혈액검사 결과 암세포 수치에 따라 기분이 좌우되고, 영상 촬영 등 검사를 하고 난 뒤 결과를 알기 위해 의사 선생님을 만나 뵐 때까지 그 결과가 어떨지 불안해하면서 지내게 됩니다.

살기 위해 치료를 받는 것이지 치료를 위해 살아가는 것이 아닌데도 주종이 바뀌어 치료에만 마음이 얽매여 진짜 삶이 없어지는 것입니다. 살날이 얼마나 남았는지도 모르는데 그 아까운 날들을 편안하게 지내지 못하고 치료에 연연해 사는 것은 앞으로 살아야 할 날을 고통으로 만드는 것입니다. 이미 죽은 것으로 생각하면 치료 과정이나 치료 결과에 대해 불안해할 필요가 없으므로 담담하게 치료를 받고, 치료 결과를 받아들일 수 있습니다.

죽은 것처럼 살면 일상적인 삶의 근심이 사라집니다. 우리가 근심하는 것의 대부분은 살아가기 위한 것입니다. 살아가기 위해 돈을 벌어야 하고, 다른 사람과 경쟁해야 하며, 성공해야 합니다. 돈을 벌고 경쟁하고 성공하려면 그 과정에서 많은 고민을 하게 됩니다. 고민하는 것으로 끝나는 것이 아니라 결과에 대해서도 불안하고 초조하게 지내야 합니다. 죽은 것처럼 살면 돈을 더 벌려 하거나 더 성공하려 하는 마음이 생기지 않습니다. 살아가기 위해 여러 가지 바라는 마음이 사라지면 근심도 없어집니다.

죽은 것처럼 살면 '나'를 내세우려는 마음이 사라져 평온해집니다. 이미 죽었다고 생각하면 내세울 '나'라는 것이 없어집니다. 나를 내세우는 '자존심'이란 것 때문에 다른 사람의 말이나 행동으로 상처받을 일이 없어집니다. 죽었다고 생각하면 굳이 내 생각과 다른 생각을 이기기 위해 싸울 일도 없으니 분쟁도 없게 됩니다. 나를 내세우지 않으니 다른 사람과 비교하여 누가 더 잘사니, 똑똑하니, 어쩌니 하는 것이 없어지므로 우월감이나 열등의식, 질투나 시기 등으로 마음을 낭비할 필요가 없어집니다.

죽었다고 생각하면 살아 있는 하루하루에 감사하게 됩니다. 이미 죽었으므로 살아 있는 날이 있을 수 없습니다. 그런데 이렇게 살아가고 있으니 하루하루가 얼마나 고맙겠습니까? 이 하루하루를 감사하게 생각하면 허송세월로 보내지 못할 것입니다. 우리가 의미 없이 보내는 오늘이 어제 죽은 자가 그토록 바라던 내일입니다. 하루를 더욱 알차게, 더욱 보람 있게, 더욱 가치 있게 보내려고 노력할 것입니다. 지금까지 하지 못했지만 자기가 살고 싶었던 자기의 삶을 살 수 있고, 고마움에 대한 보답으로 다른 사람을 위한 삶을 살 수도 있습니다.

죽은 것처럼 살면 기다리는 마음이 없어져 하고 싶은 일을 미루지 않습니다. 언제까지 살 것으로 생각하면 하고 싶은 일을 자꾸 뒤로 미루게 됩니다. 하고 싶은 일을 자식들 고등학교 졸업한 뒤로 미루고, 고등학교를 졸업하면 공부가 끝날 때까지로 미루고, 공부가 끝나면 결혼할 때까지로 미룹니다. 이미 죽었다고 생각하면 살날이 없는데 어떻게 하고 싶고, 해야 할 일을 자꾸 뒤로 미룰 수 있겠습니까? 꼭 해야 할 일이 있으면 미루지 말고 해버려야 인생에 후회가 없을 것입니다. 중요한 일을 자꾸 뒤로 미루는 것은 미래라는 생각 속에 사는 것이어서 지금 이 순간의 삶에 충실한 것이 못 됩니다.

죽은 것처럼 살면 사람들과의 접촉을 줄여 혼자 있는 삶을 즐길 수 있습니다. 많은 사람을 만나고 교제하는 가장 큰 이유는 살아가기 위한 것일 수 있습니다. 죽은 것으로 생각하면 굳이 많은 사람을 만나야 될 이유가 없습니다. 꼭 필요한 사람만 만나면 됩니다. 사람들을 만나면 비교하게 되고, 대화를 하면서 마음의 평화가 깨어지는 일이 많습니다. 우리가 살아가는 데 어려운 일 중의 하나는 인간관계입니다. 사람들과의 관계가 좋으면 마음에 불편이 없습니다. 그러나 누구 한 사람이라도 관계에 문제가 생기면 저 사람이 나를 욕하지는 않을까, 나에

게 곤란한 일은 하지 않을까 하는 등으로 마음이 어지럽게 됩
니다. 사람을 만나지 않는 시간에 홀로 지내면서 책도 읽고 글
도 쓰며 자신의 내면을 자주 바라봄으로써 마음을 정화시켜
평온한 날을 보낼 수 있습니다.

죽은 것처럼 사는 것은 마음을 비우고 사는 것입니다. 채워
져 있을 때는 빈자리가 없어 새로운 것을 받아들일 수 없지만
비운 상태에서는 빈자리에 새로운 것을 받아들일 수 있습니
다. 마음을 비우고 있으면 지금까지 보지 못했던 것을 볼 수
있습니다. 채우고 있으면 줄어들 것이 불안하지만 비우고 있
으면 새롭게 채울 것에 대한 기대로 즐거워집니다.

'사랑과 증오', '친구와 적', '빛과 어둠', '삶과 죽음' 등은
서로 대립되는 것으로 생각하기 쉽지만 그렇지 않습니다.
연인도 사랑하기 때문에 무관심과 배신이 미움과 증오로 변
합니다. 사랑 속에 증오가 있고, 증오 속에 사랑이 있습니다.
친구이기 때문에 적이 되고 원수가 됩니다. 친구로 믿고 가깝
게 지내지 않는 사람이라면 속을 일도 배반당할 일도 없을 것
입니다. 영원한 친구도 없고, 영원한 적도 없습니다. 빛이 있
다고 하여 완벽한 밝음일 수 없고, 빛이 전혀 없는 어둠일 수

없습니다. 한겨울 추위 속에도 따듯한 봄이 들어 있고, 한여름 불볕더위에도 선선한 가을바람이 숨어 있는 것처럼 일방적인 개념일 수는 없습니다.

'삶과 죽음'도 마찬가지입니다. 살아가고 있는 것은 다른 한편으로는 죽어가고 있는 것이고, 삶의 욕망도 있지만 죽음의 욕망도 본능적인 것이라 합니다. 삶과 죽음도 상반되는 다른 것이 아니라 하나라는 것입니다. 그러므로 삶에 연연하고 죽음을 두려워할 이유가 없습니다. 단지 살아 있을 때에는 삶만 생각하여 전부를 살고, 죽을 때는 전부를 죽어 아무런 미련이 남아 있지 않아야 합니다. 죽은 것처럼 사는 것은 죽음의 두려움으로 사는 것이 아닙니다. 죽음의 두려움에서 벗어나 현재의 삶에 전념하는 것입니다. 지금 살아 있지만 내일 당장 죽을 수도 있다는 마음으로 살고, 내일 당장 죽어도 후회 없는 삶을 사는 것입니다. 매일매일을 나의 마지막 하루로 생각하고 사는 것입니다.

'나' 에게서 벗어나기

'나' 의 존재를 지속시키고자 '나' 를 위해 사는 것은 이기적(利己的)으로 살아가는 것입니다. 이기적으로 살아가는 것은 탐욕과 집착, 고민과 허영으로 사는 것입니다. 타협과 조화를 버리고 경쟁과 불화로 사는 것입니다. 또한 빛을 버리고 어둠 속을 향해가는 것입니다.

우리는 '나의 몸', '나의 생각', '나의 성격', '나의 가치관', '나의 학력과 경력', '나의 지위', '나의 물건' 등 '나' 라는 것을 끊임없이 생각하면서, 그런 '나' 를 위해 살아가고 있습니다.

우리가 끊임없이 생각하는 '나' 라는 것은 어떤 것일까요? 키와 몸무게, 얼굴 생김새 등 외부적으로 나타난 내 몸이 '나' 일까요? 어떤 학교를 나와 어떤 직업을 가지고 살아왔다는 경력, 지금 어떤 자리에 있다는 지위가 '나' 일까요? 어떤 가치관을 가지고 어떤 생각을 하며 어떤 성격을 가진 내부적인 그것들이 '나' 일까요? 얼마의 돈을 갖고 어떤 차와 집을 가졌다는 재물의 소유자가 '나'일까요? 아니면 그 모든 것을 합한 총체가 '나'일까요?

내 몸이나 나의 경력이나 지위, 나의 생각 등 각각의 것이 '나'이든 그 모든 것을 합한 총체가 '나'이든, 그중 하나라도 잃거나 바뀌면 '나'라는 것이 없어지게 되는 두려움을 누구나 잠재적으로 가지고 있다고 합니다. 나의 건강이나 체력, 사회적 지위의 상실, 가치관이나 생각의 강제적 변경, 재물의 손실 등을 '나'의 상실, 즉 죽음으로 생각한다는 것입니다. 나의 건강이나 체력, 사회적 지위를 잃지 않기 위해 노력하고, 나의 생각이나 가치관을 지키기 위해 힘쓰며, 나의 재물을 보존하고 늘리기 위해 골몰하는 것은 '나'라는 존재를 지속시키기 위한 것입니다.

'나'의 존재를 지속시키고자 '나'를 위해 사는 것은 이기적(利己的)으로 살아가는 것입니다. 이기적으로 살아가는 것은 탐욕과 집착, 고민과 허영으로 사는 것입니다. 타협과 조화를 버리고 경쟁과 불화로 사는 것입니다. 또한 빛을 버리고 어둠 속을 향해가는 것입니다. 대부분의 불안의 밑바탕에는 '나'라는 존재가 없어질 수 있다는 두려움이 있습니다. '나'를 의식하고, '나'를 위해 살아가는 한 경쟁과 싸움, 불안과 걱정은 따라다니기 마련이므로 ‘나’를 벗어나지 않는 한 그런 부정적 감정에서 벗어날 수 없습니다.

예수님도 자신의 제자가 되려는 사람은 “매일 자신을 부정해야 된다”라고 했고, 유명한 성 프란체스코의 기도문에도 “자신을 죽임으로써 영원한 생명으로 태어난다”라고 되어 있습니다. 불교에서도 ‘나’를 버려야 깨달음에 이를 수 있다고 합니다. 모두 ‘나’라는 것은 진리를 가로막고 있는 장막이므로 ‘나’를 버림으로써 진리의 좁은 문으로 들어가 변하지 않는 영원한 것을 얻을 수 있다고 말합니다.

‘나’를 앞세우면 ‘나’라는 안경을 통해 보고, 생각하게 되므로 **진정한 실체를 볼 수 없습니다.** 검사의 눈으로 범법자를 볼 때에는 그 사람이 처벌받아야 될 이유가 더 크게 보이고, 변호사의 눈에는 그 사람이 그럴 수밖에 없었던 환경이나 동기 등 동정받아 마땅한 면이 더 많이 보이는 것은 경험을 통해 잘 알고 있습니다. ‘나’의 위치와 이해관계에 따라 똑같은 실체도 다르게 보이는 것입니다. 진정한 실체인 진리를 보기 위해서는 ‘나’를 벗어나야 합니다.

‘나’를 벗어나야 다른 사람의 주장과 생각을 받아들일 수 있습니다. '나'의 생각과 가치관을 '나'라고 인식할 때 다른 사람의 주장과 생각이 옳다고 생각하여 양보하는 것은 나를 죽이는 것이므로 '나'에게서 벗어나지 않는 한 받아들일 수 없습니다. 다른 사람과 열띤 논쟁을 할 때 자기의 주장은 옳고 바른 것이라고 생각하여 그러는 것 같지만, 사실은 '나'의 사소한 이익이나 부질없는 이론을 방어하거나 다른 사람에게 주입하려는 것일 뿐입니다. 상대방도 '나'를 버리지 못하고 논쟁할 때에는 의견의 일치를 볼 수가 없습니다. 텔레비전에 나와 열띤 논쟁을 하는 사람들이 서로 물러서지 않아 아무런 결론을 도출하지 못하는 것을 자주 보게 되는 것은 서로 '나'에게서 벗어나지 못한 때문입니다.

내가 생각할 때에 올바른 일은 내게 올바른 일이지, 절대적으로 올바른 일일 수 없습니다. 상대방도 상대방이 생각하는 바로는 나름대로 올바른 일입니다. 내 생각이 옳고 내 생각과 다른 남들의 생각은 그르다는 것은 '나'를 벗어나지 못하는 좁은 생각입니다. 내 생각도 많은 생각 중의 하나이고, 다른 사람의 생각도 많은 생각 중의 하나로 동등하게 인정할 줄 아는 것이 '나'에게서 벗어나는 것입니다. 다른 사람에게 '나'와 같은 생각을 하라고 하는 것은 다른 사람더러 내가 되라고 하는 것이나 마찬가지입니다.

‘나’를 벗어나는 노력을 하면 할수록 욕심이 줄어듭니다. 우리를 탐욕에 들게 하는 재물이나 명예, 권력 등은 따지고 보면 ‘나’를 내세우고 ‘나’를 만족시키기 위한 것입니다. ‘나’에 집착하여 ‘나’를 버리지 못하는 한 많은 재물을 벌어야 하고 높은 지위에 오르거나 어떤 분야에서 성공해야 합니다. 목표로 삼았던 일정한 수준에 도달하더라도 더 많은 재물과 더 높은 지위와 더 큰 성공을 바라는 게 사람 마음입니다. 욕심은 끝이 없습니다. ‘나’를 벗어나지 못하는 한 무덤에 이를 때까지도 탐욕의 굴레에서 벗어나지 못합니다. ‘나’를 벗어나면 탐욕이 사라지고, 탐욕이 사라지면 근심이 사라집니다. 근심과 걱정에서 벗어나려면 ‘나’에 대한 집착에서 벗어나야 합니다.

‘나’에게서 벗어나면 슬픔이나 노여움과 같은 감정의 상처를 입지 않습니다. ‘나’에게 집착하는 마음이 자존심을 낳습니다. 다른 사람이 나를 무시하거나 무례한 짓을 하면 자존심이 상해 감정의 상처를 받습니다. ‘나’에게서 벗어나면 다른 사람이 무시하거나 무례한 짓을 해도 그 사람의 행동과 충돌하는 ‘나’라는 것에 집착하지 않으므로 분노나 슬픔에 마음이 흔들리지 않을 수 있습니다.

‘나’를 벗어나는 것이 감정에 흔들리지 않고 살아가는 길입니다. ‘나’를 벗어나면 의심과 적의, 질투의 감정을 품지 않게 됩니다. ‘나’를 지키려는 마음은 공격당할지도 모르는 두려움 때문에 다른 사람을 의심하고, ‘나’를 공격하거나 무시, 무례를 범한 사람에게는 적의를 품게 합니다. 의심과 적의는 폭력이나 기만, 권력으로 다른 사람을 공격하게 해 서로 원한을 갖게 만듭니다. ‘나’를 벗어나면 다른 것과 비교할 수 있는 ‘나’라는 것이 사라지므로 질투심이 생길 수 없습니다. ‘나’를 벗어나면 그 자리에 다른 사람을 위하는 마음이 자리할 수 있어 의심과 적의는 사라지고 신뢰와 자비심이 싹트며, 질투 대신 동정심이 자리 잡게 될 것입니다.

‘나’를 벗어나야 겸손해지고, 화해와 평화가 찾아옵니다. ‘나’에 집착하여 나를 만족시키는 것이 자만이고, 나를 앞세우는 것은 교만입니다. ‘나’를 벗어나면 허영과 고집이 사라지고 자기중심적인 생각에서 벗어나 자기를 낮추고, 자기를 희생할 수 있습니다. ‘나’를 앞세우며 사는 것은 만인에 대해 투쟁하는 삶을 사는 것입니다. ‘나’에서 벗어나면 다른 사람을 받아들여 화해할 수 있고, 평화롭게 공존할 수 있습니다.

‘나’를 벗어나는 것이 궁극적으로는 죽음의 두려움에서 해방되는 길입니다. '나'를 생각하면서 '나'를 위해 사는 것은 '나'를 계속 존재하게 합니다. 죽음은 '나'의 상실이고, 죽음에 대한 두려움은 '나'의 상실에 대한 두려움입니다. 건강, 재산, 지위 상실의 두려움도 밑바닥에는 죽음의 두려움이 있다는 것입니다. '나'를 벗어나면 '나'의 상실, 곧 죽음이라는 것을 생각하지 않게 될 것입니다. 죽음을 생각하지 않는데 죽음에 대한 두려움이 어떻게 생기겠습니까.

내 몸을 구성하고 있는 살과 피, 뼈와 기는 원래 나의 것이 아닙니다. 내가 먹은 음식들이 살과 피, 뼈가 되었고, 내가 호흡한 공기가 기가 되었습니다. 내가 먹은 음식은 자연에 존재하던 채소와 곡식, 짐승과 물고기 등이고, 내가 마신 공기도 자연에 있던 것이 잠시 나의 몸이 된 것입니다. 세포는 6개월마다 죽어 교체된다고 하니 지금의 내 몸도 조만간 자연으로 돌아갈 것입니다. 원래 나의 것이 아니고, 또 떠나갈 것을 '나'라고 할 수는 없을 것입니다.

내 생각, 나의 가치관도 내가 아닙니다. 나의 가치관이나 생각도 살아오면서 다른 사람의 생각으로 배운 것이거나 환경에 의해 익혀온 것일 뿐입니다. 내가 쓰고 있는 글들도 순수하게 내가 생각해낸 것이 없습니다. 살아오면서 학교나 사회, 책과 주변 사람들 등으로부터 들었거나 읽었거나 보았던 것들이 모여 내 생각처럼 된 것입니다. 나의 성격도 살아온 가정, 학교, 사회 환경에 의해 만들어진 것입니다. 내 생각, 가치관, 성격은 항상 같지 않고 변하여 없어지는 것입니다. 주변 환경에 의해 만들어지고 변하게 될 생각과 가치관을 '나'라고 할 수 없을 것입니다.

나의 경력, 지위나 나의 재물이라는 것도 마찬가지입니다. 어떤 지위로 앉아 있는 이 의자는 이미 다른 사람이 앉았던 것이고, 조만간 다른 사람에게 물려주어야 될 것입니다. 내가 살고 있는 집도 마찬가지이고, 나의 재물이라는 것도 그렇습니다. 잠시 조건이 맞아 어떤 지위에 있었고, 어떤 물건을 가졌을 뿐입니다.

'나' 홀로 만든 것은 아무것도 없습니다. '나' 스스로 생각해내고, 배워 익힌 것은 아무것도 없습니다. 이 몸도 내가 아니고, 이 마음과 생각도 내가 아니고, 경력이나 재산은 더더욱 내가 아닙니다. '나'는 어디에도 존재하지 않습니다. 존재하지 않는 '나'에 집착해서 벗어나지 못하여 어둠에서 살아서는 안 될 것입니다.

'나'라는 것이 없다는 것을 머리로 아는 것도 쉽지 않지만 마음으로 깨달아 실천하는 것은 피나는 수행을 하지 않고서는 어려운 일로, 보통 사람에게는 불가능에 가까운 것입니다. '나'라는 것을 우리의 마음속에서 온전히 지우기는 정말 어렵지만 그렇다고 해서 계속 '나'에 집착하여 살아서는 안 될 것입니다. 살아가면서 자주 '나'를 벗어나려는 노력을 몇 번씩 반복하다 보면 '나'에 집착하는 오랜 생각의 굴레에서 조금씩 벗어날 수 있을 것입니다.

'나'라는 것은 상대방이 있어야 생겨나는 것입니다. 밤이 있어야 낮이 있듯이 '나'는 다른 사람 없이 혼자서는 존재할 수 없는 개념입니다. 다른 누군가 상대가 있어 내가 잘생길 수 있고, 똑똑할 수 있고, 부자일 수 있고, 학벌이 좋을 수가 있습니다. '나'를 생겨나게 하는 상대방을 없앨 수 있는 방법 중의 하나는 홀로 있는 것입니다. 홀로 있는 시간에는 상대방이 없으므로 '나'를 생각하지 않게 됩니다. 자주 홀로 있는 시간을 내어 내면을 바라다보면서 명상하면 '나'를 벗어나는 시간이 많아질 것입니다.

좋은 말 하기

세 치 혀에서 나온 말이 자기에게 복이 되기도 하지만 화가
되기도 합니다. 우리는 태어나서 죽을 때까지, 아침에 눈뜬 때
부터 저녁에 잠자리에 들 때까지 무수한 말을 합니다. 그와 같
이 중요한 말을 생각 없이 내뱉어서는 안 됩니다. 말을 해야 될
때가 언제이고, 어떤 말을 해야 마음의 평화와 기쁨의 복을 받
을 수 있는지가 '말의 정화'의 문제입니다.

말은 자기의 생각을 나타내고, 다른 사람의 생각
을 알게 하여 사람과 사람의 관계를 맺게 합니다. 생각은 안에
서 일어나는 것이지만 말은 내면으로 향하지 않고 바깥으로,
다른 사람에게로 향합니다. 그러므로 말의 내용이나 말하는
방법에 따라 다른 사람의 감정에 영향을 주고, 결국에는 다른
사람과의 인간관계에 영향을 미치는 것입니다. 부주의하게 말
한 것이 싸움의 불씨가 되고, 무례한 말 한마디는 상대의 감정
을 상하게 하여 증오를 낳습니다. 즐거운 말로 상대방의 기분
을 좋게 해주기도 하고, 위로의 말로 편안을 줄 수도 있습니
다. 다정스런 말 한마디는 사랑의 씨앗이 되지만 차가운 말 한

마디는 사랑의 불을 끌 수도 있습니다. 극단적인 예로는 말 한 마디에 충격을 받아 자살하는 경우도 있었습니다.

자기의 말로 상대방에게 감정적인 영향을 주고, 상대방이 그 영향으로 반응을 하고, 또다시 상대방의 반응에 의해 말한 자신의 감정이 영향을 받게 됩니다. 결국 자기가 한 말에 의해 자기 자신의 기분이 좋아질 수도 있고, 감정적인 상처를 입을 수도 있는 것입니다. 이처럼 세 치 혀에서 나온 말이 자기에게 복이 되기도 하지만 화가 되기도 합니다. 우리는 태어나서 죽을 때까지, 아침에 눈뜬 때부터 저녁에 잠자리에 들 때까지 무수한 말을 합니다. 그와 같이 중요한 말을 생각 없이 내뱉어서는 안 됩니다. 말을 해야 될 때가 언제이고, 어떤 말을 해야 마음의 평화와 기쁨의 복을 받을 수 있는지가 '말의 정화'의 문제입니다.

말의 정화의 첫 단계는 불필요한 말을 하지 않는 침묵입니다. 지혜와 깨달음은 안을 들여다보는 데서 나오고, 모든 진리는 말로써 표현되는 순간 왜곡되어 진리가 아니라고 합니다. 지혜와 진리를 알려는 사람은 밖으로 향하는 말을 할 것이 아니라 안으로 향해 침묵해야 합니다. 무슨 생각이 난다고 하여 불쑥 말해버리면 안에서 말이 여물지 않아 말에 무게가 없습니다. 말을 하면 말해버린 만큼 내면은 비워져 허하게 됩니다. 생각나는 대로 말하지 않고 생각을 안에서 머물러 여물게 하면 지혜로 바뀌므로, 불쑥 말하고 싶은 충동이 생겨도 참아야 합니다. 인간의 마음을 움직일 수 있는 말은 무거운 침묵으로 여물어진 것입니다.

말은 하고 나면 엎질러진 물과 같아 주워 담을 수 없습니다. 말을 하고 난 뒤에 경솔했다고 후회하는 일이 많습니다. 그렇지만 말을 하지 않아서 후회하는 일은 훨씬 적습니다. 말이 많은 사람은 왠지 신뢰가 가지 않고, 때로는 그의 말소리가 소음으로 생각되기도 합니다. 말수가 적은 사람은 왠지 믿음직스럽고, 말의 무게도 느껴집니다. 말을 적게 하기 위해서는 인내가 필요하고, 언제나 자기가 한 말을 되돌아보는 마음이 필요합니다. 말로 하지 않아도 조용한 몸짓이나 미소와 같은 얼굴 표정으로도 마음을 표현할 수가 있습니다.

가장 좋은 말은 말을 한 사람에게 이롭고 그 말을 듣는 상대방에게 이로워야 되고 또 그 말을 전해들은 제삼자에게 이로워야 된다고 합니다. 말을 하려고 할 때는 자신이 하려는 말이 과연 그런 말인지를 생각해봐야 합니다.

말을 할 때는 참된 말을 해야 합니다. 참된 말은 단순히 사실

인 말을 의미하는 것이 아닙니다. 참된 말은 아무런 생각 없이 내뱉는 말이 아니라 안에서 여문 속 깊은 말입니다. 가식하는 말이 아니라 참된 마음이 우러나오는 말입니다. 탐욕과 질투의 말이 아니고, 착한 마음으로 아름다움을 이야기하는 말입니다. 말하는 사람의 이익을 위해서 하는 말이 아니라 듣는 사람을 위해 하는 말입니다.

다른 사람에게 용기와 힘을 주는 말을 해야 합니다. 좋은 일을 했을 때 다른 사람에게 용기와 힘을 주는 말은 칭찬입니다. 칭찬하기 위해서는 사랑이 있어야 합니다. 사랑 없는 칭찬은 아부이거나 가식입니다. 칭찬하기 위해서는 다른 사람의 장점을 볼 수 있는 마음을 가져야 합니다. 다른 사람에 대한 기대 수준이 높아서는 어지간해서 그 수준에 다다르지 못하므로 칭찬을 하기 어렵습니다. 다른 사람에게 관대해야 좋은 점을 볼 수 있습니다. 1등을 바라면 칭찬하기 어렵겠지만 중간 정도라도 괜찮다고 생각하면 칭찬할 일이 많을 것입니다. "칭찬은 고래도 춤추게 한다"는 어느 책의 제목같이 칭찬받는 사람은 기분이 좋아져 칭찬받기 위해 더욱더 노력하고, 그런 긍정적인 반응을 보는 칭찬하는 사람도 기쁠 것입니다.

나쁜 일이 있을 때 다른 사람에게 용기와 힘을 주는 말은 위로와 격려입니다. 시의적절한 말 한마디는 마음을 편하게 해 주고, 동정의 말 한마디는 슬픔을 줄여줄 수 있습니다. 다른 사람의 일에 무관심하거나 관여하지 않는 세상을 살다 보니 나쁜 일을 당한 사람은 무인고도에 있는 것처럼 고독할 것입니다. 그럴 때 따뜻한 위로의 말은 그에게 용기와 힘을 줄 것입니다.

온화하고 상냥한 말투로 말해야 합니다. 말을 할 때 밝고 환하게 웃는 얼굴로 온화하고 상냥하게 말하면 상대방도 마음을 열고 웃으며 이야기할 것입니다. 밝고 환한 마음을 가져야 온화하고 상냥한 말투로 이야기할 수 있겠지만, 그런 말투로 말하려고 노력하면 그런 좋은 말투가 몸에 배는 것을 알았습니다. 기분이 좋아서 웃는 것이 아니라 웃어서 기분이 좋아지는 것처럼 말입니다. 상대방이 잘못하여 나무라거나 따지거나 충고를 할 때면 자기도 모르게 불만스런 얼굴로 딱딱하게 말하기 쉽습니다. 그렇게 하면 상대방이 잘못을 알고도 반발하는 마음이 생길 수 있습니다. 그럴 때일수록 온화하고 상냥한 말투로 말해야 상대방도 말하는 마음을 온전히 받아들이는 것 같습니다.

살아가면서 무엇보다 하지 말아야 할 말은 거짓말입니다. 거짓말을 해야 하는 상황은 잘못을 숨기거나 다른 사람을 속이기 위한 경우입니다. 잘못을 숨기려는 것 자체가 그릇된 일이고, 다른 사람을 속이는 것 역시 큰 잘못이므로 거짓말은 해서는 안 됩니다. "정직이 최고의 방책"이라는 말이 있듯 거짓말을 하면 언젠가 진실이 드러나 다른 사람들로부터 신뢰를 잃게 됩니다. 거짓말은 자신을 속이는 것으로 죄의식을 불러와 거짓말을 자주 하는 사람은 인격적으로 문제가 있는 경우가 많습니다. 거짓말을 하면 우선 자신과 다른 사람을 속이는 자체로 괴로워집니다. 거짓말을 들키지 않기 위해서는 거짓말한 내용을 모두 기억하고, 그에 모순되는 말을 하지 않아야 하므로 긴장하며 살아야 합니다. 무엇보다 괴로운 것은 거짓말이 탄로 날 것에 대한 초조감과 거짓말임이 드러났을 때에 어떻게 될까 하는 불안이 계속된다는 것입니다. 수사를 받는 사람들 중에서 처음에는 처벌받을 것이 두려워 거짓말을 하다가 추궁을 받게 되면 그와 같은 거짓말을 한 고통과 불안 때문에 견디지 못해 나중에는 처벌받을 것을 각오하고 사실대로 말하는 경우를 많이 보아왔습니다. 정직한 사람에게는 거짓말한 불안과 고통이 처벌받는 고통보다 클 수 있다는 좋은 예라 할 것입니다.

듣는 사람을 위한 거짓말, 듣는 사람에게 득이 되는 거짓말은 어쩔 수 없는 경우입니다. 가장 가까운 장인어른과 장모님께서는 3년에 가까운 세월이 지난 지금까지 내가 암에 걸려 투병하고 있는 것을 모르고 계시는데, 거짓말로 속여왔기 때문입니다. 아무리 나이가 들어도 자식은 어려운 일이 있을 때에는 부모에게 기대고 싶고, 하소연하고 싶고, 도움을 받고 싶은 것은 본능적으로 어쩔 수 없는 마음입니다. 그렇지만 내가 암에 걸렸다는 것을 알게 되었을 때 두 분께서 충격을 받아 건강을 해칠 수가 있고, 알려드린다 해도 실질적인 도움을 주지 못해 근심만 끼쳐 여생이 편안하지 못하실 것 같아 거짓말을 해왔습니다. 항암 치료로 머리가 빠져 있는 등으로 뵐 수 없을 때에는 외국 여행을 간 것으로 거짓말하고, 치료 부작용으로 얼굴에 알레르기 반응이 생긴 것도 음식을 잘못 먹은 것으로 거짓말하는 등 오랫동안 많은 거짓말로 두 분을 속여왔습니다. 인정 많은 두 분께서 나중에 알게 되시면 어려울 때 아무것도 해주지 못해 가슴 아파할지라도 자식의 도리로서 두 분을 위해 거짓말한 것이니 용서가 될 것입니다. 선의의 거짓말이라도 거짓말은 할 일이 없었으면 좋겠습니다.

우리가 가슴에 꼭 새겨두어 조심해야 할 것은 '다른 사람에게 가슴 아픈 말을 하지 않는 것' 입니다. 화가 났을 때나 언쟁을 하게 되면 상대방을 제압하거나 공격하기 위해 상대방에게 가장 가슴 아픈 말을 골라 하기 쉽습니다. 그런 말을 한 사람은 자기가 똑똑하여 상대방에게 결정타를 날렸다고 시원하게 생각할지 모르지만 그 말로 상대방은 충격으로 큰 상처를 가지게 되어 나중에도 관계 회복이 어렵게 될 수 있습니다. 부부 등 가까운 사이일수록 상대방의 약점이나 단점을 잘 알고 있어 불쑥 그런 말을 하기 쉬우므로 조심해야 합니다.

다른 사람의 약점이나 단점을 말하는 것을 그 사람에 대한 충고나 조언으로 생각하기 쉽지만 신중해야 합니다. 충고나 조언을 하려면 그 사람과 확실한 신뢰 관계에 있어 상대방이 자기를 위해 그러는 것이라고 충분히 이해할 수 있는 사이라야 되고, 그런 사이일지라도 그런 말이 통하는 좋은 분위기에서 해야 좋은 효과가 있는 것은 다 알고 있을 것입니다.

오랫동안 수사를 해오면서 잘못을 인정시키기 위해서 약점이나 진술 내용의 모순된 점을 파고들던 습관이 일상생활에서도 나타나는 경우가 종종 있었습니다. 심하게는 나도 모르게 집사람에게까지도 범인을 신문하는 투의 말을 하는 경우도 있었습니다. 어느 책에서 "가슴 아픈 말을 하지 않도록 조심해야 한다"라는 가르침을 읽고는 그런 말을 하는 것은 금기 사항인 것을 깨달아 깊이 반성하고, 그런 습관에서 벗어나기 위해 많은 노력을 했습니다. 그런 나의 좋지 않은 말버릇 때문에 혹시라도 감정적인 피해를 입은 분들이 있다면 깊은 사과를 드립니다.

자랑하거나 인정받으려는 말도 자제해야 합니다. 누구에게나 남보다 좋은 것이 있으면 자랑하고 싶고, 다른 사람에게서 인정받고 싶은 마음이 있을 것입니다. 그렇지만 자기 자랑이나 아는 것을 뽐내는 말은 하고 나면 마음이 허해지고 왠지 부끄러운 기분이 듭니다. 그런 말을 듣는 사람도 질투하거나 오히려 멸시합니다. 오랫동안 투병 생활을 해오다 보니 가끔 다른 사람들로부터 무시당하는 것 같은 생각이 들 때도 솔직히 있습니다. 그럴 때 괜히 말이 많아져 과거의 무용담을 늘어놓거나 전문적인 분야에 대한 이야기를 자꾸 하게 되는데, 나중에 생각해보면 부끄러워집니다.

자기가 말하는 것보다는 다른 사람의 말을 잘 듣는 것이 더 좋습니다. 다른 사람의 말을 잘 들어야 자기의 좁은 세계를 벗어나 다른 사람의 마음으로 들어갈 수 있습니다. 타인의 마음 속으로 들어가 그 사람을 이해할 때 자기와 다른 생각을 받아들이고 진정한 대화를 할 수 있습니다. 다른 사람과 대화를 한다고 하면서도 그 사람의 이야기에는 귀를 기울이지 않고 자신의 입장이나 이해관계에 얽매여 대화가 아닌 자기주장만 하여, 말이 서로의 가슴에 닿는 것이 아니라 허공에서 공허하게 메아리치는 일이 너무 많습니다. 다른 사람의 말을 잘 들어야겠다는 마음을 먹고 대화를 해도 어느 사이엔가 자기주장과 의견을 말하고 싶고, 다른 사람의 이야기에 반박하고 싶은 마음이 생겨 참지 못하는 경우가 많습니다. 현자(賢者)는 '자기를 내세우는 사람이 아니라 다른 사람의 말로부터 무언가를 배우는 사람' 입니다. 다른 사람이 말할 때 자기의 말을 하고 싶은 마음을 참고 이겨내는 것을 수행으로 삼아야 할 것입니다.

명상하기

명상은 맑은 마음으로 흔들리지 않는 삶을 살게 해주는 최고의 선물입니다. 명상을 하면서 살아가는 사람과 그렇지 않은 사람과의 차이는 맑은 숲 속의 신선한 공기를 마시고 사는 것과 지하상가의 밀폐된 공기를 마시고 사는 것 차이 이상의 것입니다.

숨을 들이마실 때 코를 통해 폐에 들어가는 공기의 흐름에 집중했다가 잠시 정지한 뒤 숨을 내쉬면서 폐에서 코로 나가는 공기의 흐름에 집중하고, 잠시 정지한 뒤 같은 방법으로 마음을 집중해봅니다. 몇 번의 호흡을 하기도 전에 호흡의 흐름에 집중해보겠다는 결심과는 달리 얼마 전에 있었던 일이 생각나기도 하고, 앞으로 할 일이 생각나기도 해 호흡에 대한 생각이나 호흡에 집중하고 있었다는 사실조차 잊어버리기 쉽습니다. 다시 집중하려 해도 마찬가지입니다. 이처럼 우리의 마음은 한곳에 머물지 않은 채 항상 움직이고 끊임없이 방황합니다. 과거와 미래 사이를 순식간에 오가곤 합니다. 이 생각 저 생각으로 왔다 갔다 하는 마음을 이 나뭇가지에서 저 나뭇가지로 정신없이 옮겨 다니는 원숭이에 비유하곤 합니다.

이처럼 왔다 갔다 하는 산만한 마음으로는 집중력의 부족으로 공부나 업무의 성과를 올리기도 어렵습니다. 관계를 형성하는 것의 상당 부분은 정서적 표현과 표정 같은 작은 것에 세심하게 주의를 기울이는 데 있기에, 집중력이 부족하면 원만한 관계를 형성하기도 힘들고 심하면 사회 부적응자가 될 수도 있습니다. 무엇보다도 산만한 마음으로는 감정의 변화가 많아 평온한 감정을 유지할 수 없어 불안해하거나 초조해하는 등 불행한 감정을 갖기 쉽습니다.

명상은 호흡, 사색, 선, 기도 등 범위를 어떻게 보느냐에 따라 수행하는 방법이 다양하고 그 내용도 달라 한마디로 정의하기는 어렵습니다만, 영적인 것에 대해 마음을 집중하여 마음을 맑게 하는 것이라고 하면 크게 틀리지 않는 듯합니다. 단순히 생각에 잠기거나 헛된 환상으로 빈둥빈둥 시간을 보내는 '게으른 마음'인 공상이나 몽상과는 다른 것입니다. 명상은 인간의 마음을 영적으로 고양하려는 부단한 노력과 훈련으로 마음의 평화를 찾는 데 숭고한 목적이 있는 것입니다. 이에 반해 공상이나 몽상은 게으름과 탐욕으로 감각적이며 관능적으로 흘러가고, 자기가 해야 할 일을 회피하려는 생각을 부추겨 영적인 타락과 갈등을 가져옵니다.

우리가 어떤 마음을 가지느냐는 어떤 것을 먹느냐와 같습니다. 불량 식품을 먹거나 유해한 음식을 먹으면 배탈이 나거나 암이 유발되어 몸이 상합니다. 후회나 슬픔, 근심이나 걱정 등 부정적 감정을 가지고 있으면 영혼이 상처를 입습니다. 이기적이고 타락한 마음을 가지면 결국은 이기적이고 타락한 사람이 되고, 다른 사람을 해하는 마음을 가지고 있으면 결국 범죄를 저지르고 맙니다. 다른 사람을 위하고, 영적으로 아름다워지겠다는 마음을 갖고 노력하는 사람은 반드시 이타적이고 아름다운 행동을 하게 됩니다.

명상은 맑은 마음으로 흔들리지 않는 삶을 살게 해주는 최고의 선물입니다. 명상을 하면서 살아가는 사람과 그렇지 않은 사람과의 차이는 맑은 숲 속의 신선한 공기를 마시고 사는 것과 지하상가의 밀폐된 공기를 마시고 사는 것 차이 이상의 것입니다. 명상이 좋다는 것을 알면서 권하는데도 명상을 하지 않는 것은 값비싼 보석이 든 상자를 선물 받은 거지가 상자 안을 들여다보지 않고 그것을 깔고 앉은 채 구걸을 계속하는 것과 같습니다.

명상은 지상에서 천국으로, 미망에서 진리로, 불안에서 평화로 이르는 신비의 사닥다리라고 합니다. 명상의 도움 없이는 진정한 평화와 기쁨을 맛볼 수 없으며, 변하지 않는 진리와 진정한 즐거움을 느낄 수 없을 것입니다. 부처님께서도 "허영에 빠져서 인생에 진정한 도움이 되는 것을 잊은 채 쾌락만 좇으면서 명상을 등한시하는 사람은 명상을 위해 노력한 자를 부러워할 때가 올 것이다"라고 하시면서 명상을 강조하셨다고 합니다.

명상을 시작하기 위해서는 날뛰는 마음을 한곳에 잡아두어 집중해야 합니다. 마음을 한곳에 잡아두어 집중하기 위해 한 시점에서 한 가지 일만 하되, 무엇을 하든 하는 일에만 완전히 주의를 집중하는 훈련을 하는 것입니다. 텔레비전을 볼 때 누군가 전화를 걸어오면 텔레비전을 끄고, 상대방의 이야기에 온 주의력을 집중하여 대화를 합니다. 운전을 할 때에 전화를 하는 등으로 주의를 흐트러지게 하지 말고 핸들과 바퀴의 촉감과 앞서 진행하는 차의 동태에만 주의를 집중해 운전을 합니다. 책을 읽을 때에는 책의 내용에만 집중해야지, 음악을 듣거나 다른 생각을 하면서 책을 읽어서는 안 됩니다. 그렇게 하다 보면 정신은 현재의 일에 집중되어 마음이 다른 곳으로 왔다 갔다 하는 불안이나 분열이 없어져 마음이 평온해집니다.

마음의 과도한 활동과 잡생각을 줄임으로써 내면적으로 풍요한 삶이 되고, 공부나 일의 성과가 나아지며, 대인 관계도 발전합니다.

명상은 순수한 것을 거듭 반복하여 생각함으로써 생각을 정화하여 마음을 순수하게 합니다. 순수한 생각을 하려는 노력을 하지 않고, 게으른 마음으로 생각의 고삐를 풀어두면 재물이나 명예 등에 대한 욕망, 관능적인 쾌락 등 탐욕적이거나 퇴폐적인 생각으로 흐릅니다. 그런 생각은 이룰 수 없다는 불만이나 순수한 생각과의 갈등을 일으키고, 상실의 불안과 쾌락 뒤의 허무를 안겨주어 마음을 괴롭힙니다. 진리나 선, 아름다움과 같은 순수한 것을 거듭 반복하여 생각을 정화하면 내면의 모순이나 갈등이 없어져, 마음이 순수해지는 것을 느낄 수 있습니다. 생각이 정화되면 사고의 중심과 가치관이 확립되어 흔들리지 않는 자세를 유지할 수 있고, 자신감으로 살아갈 수 있습니다.

명상은 감정의 정화로 긍정적 감정을 강화하여 진정한 기쁨으로 살아가게 해줍니다. 탐욕과 교만, 자존심과 집착과 같은 이기적인 생각을 없애고, 사랑과 친절, 자비와 용서 등 긍정적인 감정을 강화하려는 열망으로 계속적으로 반복하여 명상하면 긍정적인 감정이 차츰 가슴에 늘어나게 됩니다. 탐욕과 교만 등 이기적인 생각이 강하면 이기적인 눈으로 세상을 보게 되어 삶을 이기적인 것을 실현하기 위한 전쟁으로 여기고, 다른 사람들을 경쟁자나 적으로 간주하여 경계하거나 싸우고 두려워하게 됩니다. 사랑과 친절 등의 긍정적인 감정은 다른 사람과 함께 살아가는 감정이기에 다른 사람들을 동반자이거나 도와주어야 할 대상으로 생각합니다. 그러므로 경계심이나 두려움을 느낄 수 없어 마음을 평화롭게 합니다. 긍정적인 감정으로 가슴을 채워서 사는 것이 진정한 기쁨으로 살아갈 수 있는 길입니다.

명상은 진리를 알게 하고, 진리를 좇는 삶을 살게 해준다고 합니다. 높은 수준의 명상은 마음을 없애고 관조를 통해 마음 너머의 진정한 진리를 깨닫게 해준다고 합니다. 기쁘거나 슬프거나, 좋거나 나쁘거나 하는 것은 마음이 만들어내는 것이기 때문에 마음은 실체를 가리는 구름과 같은 것이어서 마음을 없애 관조함으로써 진정한 실체에 다가갈 수 있다는 것입니다. 이런 의미의 명상을 위해서는 생각의 정화나 감정의 정화가 전제되어야 합니다. 호흡에 정신을 집중하는 호흡 명상이

나 화두를 두고 끊임없이 정진하는 것과 같은 것이라고 합니다. 명상에 대해 체계적 훈련을 받지 않았고, 수행이 부족한 나로서는 그런 높은 수준의 명상에 대해서는 짐작만 하지 경험하지는 못한 것이어서 깊게 언급할 수준이 못 되지만 높은 수준의 명상에도 관심을 가져야 발전할 수 있을 것입니다.

명상은 이른 아침에 30분 내지 한 시간 정도 하는 것이 좋습니다. 세상이 잠깨지 않은 고요한 이른 아침에는 정신을 가장 잘 집중할 수 있고, 전날의 여러 일로 인한 복잡한 감정이 잠자는 사이에 누그러져 맑고 편안한 상태이므로 영적인 가르침을 잘 받아들일 수 있습니다. 아침은 하루를 시작하는 시간이기 때문에 명상으로 품은 감정이나 일깨움으로 아침을 열면 온종일 깨어 있는 상태를 유지하는 데 도움이 됩니다. 잠에서 깨어나자마자 신문이나 텔레비전을 보면 세상사에 대한 잡스러운 생각과 마음의 갈등이 생기므로 아침 시작부터 정신이 흐려집니다.

아침 명상을 위해서는 일찍 일어나야 합니다. 출근 시간이나 그날 해야 할 일에 쫓기는 초조한 상황에서는 명상이 될 수 없습니다. 예수님이나 부처님도 아침에 습관적으로 일찍 일어나서 조용한 곳에서 명상에 몰두했다고 합니다. 이처럼 모든 진리의 선각자나 정신적 지도자들은 아침에 일찍 일어나는 사람들이었다고 합니다. 밤에 늦게 자 일찍 일어나면 몸이 피곤하여 명상이 어려우므로 일찍 잠에 들어 숙면을 취해야 합니다.

일어나 자리에 누워서는 다시 잠이 들거나 다른 잡스러운 생각에 빠져들기 쉽습니다. 일어나면 간단히 체조나 세수를 하여 정신을 차린 뒤 간소한 의상을 입고 복잡하지 아니한 방에서 가부좌 자세로 앉거나 딱딱한 의자에 앉아 명상을 하면 오래 정신을 집중할 수 있습니다.

명상을 하려면 많이 먹어 정신이 멍해도 안 되고, 너무 배가 고파 예민해도 안 되며, 지저분한 옷을 입거나 화려한 차림새를 해도 안 됩니다. 계속해서 일련의 맑고 고상한 생각에 정신을 집중하기 위해서는 건강하여 몸이 좋은 상태를 유지해야 합니다.

생활인으로서 명상 시간은 30분 정도가 적당합니다. 30분 이상 명상을 하게 되면 정신을 집중하기도 어렵고, 아침 시간이 줄어들어 여유 있는 하루를 시작할 수가 없어 바쁜 마음이 되어 명상을 하지 않은 것만 못하기 때문입니다.

식사 시간이나 식사 시간 직후에는 먹는 데 집중해야 하고, 배가 부른 상태에서는 정신이 멍하여 명상을 해서 안 됩니다. 오락 장소나 사람이 많은 장소, 빠르게 걸어가고 있을 때는 주위가 소란하거나 분주해 집중이 되지 않으므로 명상을 할 수 없습니다. 호화스러운 장소나 화려한 의상을 입고 있어도 내면보다는 외부의 것이 끌리고, 누워 있거나 편안한 소파에서는 정신이 집중되는 시간이 짧아 명상에 몰입하기 어렵습니다. 명상을 하게 되면 마음이 편안해져 긴장이 풀어지므로 졸음에 빠져들 경우가 있는데 이는 명상의 효과가 아니므로 경계해야 합니다.

나는 명상을 시작할 때에 들숨과 날숨의 몇 번의 호흡에 정신을 집중하는 일을 먼저 합니다. 고귀한 교훈이나 격언, 아름다운 문장이나 시 구절 등 영적인 감정을 고양할 수 있는 것을 마음속으로 천천히 암송하면 이타적이거나 순수한 문구에 마음이 편안해지면서 명상에 몰입할 수 있습니다. 나는 '프란체스코 기도문'을 천천히 암송하여 영적인 감정을 고양했는데 너무 천천히 암송해도 잡생각이 생기고, 너무 빨라도 아무런 감정 고양이 없어 좋지 않습니다. 암송하는 문구를 기계적으로 반복하지 말고 온 마음을 다해 새로운 문구를 대하는 것처럼 절실한 마음으로 외어야 합니다. 그런 뒤에 명상할 주제에 대해 명상에 들어가는데, 나는 마음을 흔들리지 않게 하는 지혜들을 상기해보고 말, 신체, 생각, 감정을 정화하기 위한 주제에 대해 명상에 들었다가 마지막에는 다시 호흡에 집중하는 형식으로 명상을 끝냅니다.

명상의 방법은 여러 가지고 명상의 의미도 사람에 따라 다르므로 어떤 것이 맞고 틀리다고 단정할 수는 없습니다. 명상에 관련된 책을 보면 추상적으로 기재되어 있는 것이 많아 그 방법을 쉽게 알 수 없고, 저자의 생각에 따라 너무 신비스러운 것도 있고, 현실적인 것에 치우쳐 있는 것도 있습니다. 명상에 관련된 책을 보는 것은 좋지만 나처럼 혼자서 책을 보고 하다가는 잘못된 방법으로 할 수도 있습니다. 요즘에는 명상원이 생겨 체계적·집단적으로 명상을 지도하는 곳이 있으므로 그런 곳에서 명상 지도를 받는 것이 시행착오를 줄이는 방법일 것입니다.

명상을 계속해가면 자기도 모르는 사이에 명상의 효과로 여러 징후가 점차로 나타납니다. 사고나 감정이 긍정적으로 되어가면서 신체적·정신적 에너지가 증가되고, 어떻게 사는 것이 지혜로운 삶을 사는 것인가에 대한 생각이 많아지고 깊어질 것입니다. 생활에서는 다른 사람을 위한 의무나 책무에 대해 즐겁게 받아들이고 그것을 이행하면서 성실히 완수하려는 이타적인 감정이 생겨납니다. 나아가 근심, 걱정이 줄어들고, 두려움으로부터 자유를 느낄 것이며, 악착같은 재물에 대한 욕구나 권력·명예 등 세속적인 것에 대한 관심도 서서히 줄어들고, 참을성과 자제심이 늘어나 부정적 감정이 통제되는 것도 알 수가 있을 것입니다. 그러나 징후들을 전혀 느끼지 못한다면 절실한 기분으로 명상을 하지 않거나 명상으로 품은 감정이나 일깨움과는 다른 생각과 행동을 했기 때문일 것입니다. 오래된 습관이 쉽게 바뀔 수는 없는 것이므로 정신적 재산의 축적에도 인내와 노력이 필요하다는 것을 명심하여 명상 수행으로 부정적 습관을 서서히 바꾸어나가야 할 것입니다.

사랑이 으뜸

사랑에 대해 끊임없이 생각하고 실천하려고 하면 결국 사랑이 가슴에 가득해지고 이를 실천하는 사람이 될 수 있습니다. 사랑의 명상을 계속하다 어느 순간 온 가슴이 사랑의 감정으로 가득 차 있는 것을 느끼고는 명상으로 맛본 감정의 정화에 감격하여 눈물이 맺힌 일도 있습니다.

사랑은 감싸 지켜주고, 가진 것을 나누고 베풀며, 용서하고 희생하는 모든 긍정적인 감정을 포괄하는 것입니다. 사랑이 있어 용서와 자비, 봉사와 나눔이 있고 양보와 평화가 존재하므로, 사랑은 으뜸인 덕목이자 모든 덕목의 원천입니다. 존경받으면서 이 세상을 떠나신 추기경님도 "고맙습니다. 서로 사랑하세요"라고 하여 '사랑'을 마지막 당부의 말씀으로 남기셨고, 많은 정신적 지도자들이 사랑과 자비를 말씀한 것도 사랑이 으뜸이기 때문입니다.

사랑은 일방적으로 상대방에게 주는 것입니다. 사랑을 받고자

하여 주는 것은 대가적 거래이지 사랑이 아닙니다. 자기가 사랑하는 사람과 결혼을 하여 사랑을 주어야 함에도, 자기를 사랑해줄 사람을 찾아 결혼을 하여 사랑받기를 원하는 것은 사랑을 구걸하는 것일 뿐입니다. 상대방도 사랑받고자 결혼을 한다면 두 거지가 만나 서로에게 사랑을 구걸하는 것과 같습니다. 그런 두 사람이 결혼을 하면 서로가 사랑을 원하기만 하고 주는 것을 알지 못해 결혼 생활은 지옥이 됩니다. 행복한 결혼 생활을 할 수 있는 길은 사랑은 줄 수 있을 뿐 얻고자 해서는 안 된다는 것을 깨닫는 것입니다. 부부가 서로에게 사랑을 요구하는 대신 사랑을 주기 시작한다면 그때부터 결혼 생활은 천국이 될 것입니다. 가장 훌륭한 부인은 어느 때부터 남편의 어머니가 되어가는 것이라 합니다. 다시 말해서 남편을 어머니의 사랑과 같은 일방적인 사랑으로 보살피는 것이 가장 훌륭한 부인이라는 것입니다. 그런 논리로 남편도 부인의 어버이가 되어가야 가장 훌륭한 남편이 될 것입니다.

증오와 같은 불순한 감정은 외부로부터 오는 자극에 의해 생겨나지만 사랑과 같은 순수한 감정은 자극을 받아 생기는 것이 아니라 내면에서 흘러나오는 것이라 합니다. 남녀 간의 정욕은 외부의 자극으로부터 생기는 것이므로 순수한 감정이 아니고, 따라서 사랑이라 할 수 없습니다. 외부의 자극으로 생기는 불순한 감정은 우리에게 휴식을 거두어 갈 뿐만 아니라 근심, 걱정의 원인이 됩니다. 사랑은 내면에 존재하여 흘러나오는 '존재의 상태' 이기 때문에 우리를 축복으로 가득 채웁니다.

진정한 사랑은 특정인에 대한 사랑이 아니라 모든 것에 대한 사랑입니다. 부모가 자식에게 베푸는 사랑과 같이 특정한 사람에 대한 사랑은 자식이라는 관계에 따른 것입니다. 사랑은 '존재의 상태' 이므로 사람과의 관계라는 외부적인 요인에 의해 생기는 것이 아닙니다. 그런 사랑은 누구나 할 수 있는 본능적인 것이고, 자기 자식을 위한 것이어서 이기적인 사랑일 수도 있습니다. 모든 것을 사랑하는 것은 하느님의 사랑이고, 예수님이나 부처님의 사랑입니다. 모두를 사랑하는 것은 모든 사람을 사랑하고, 모든 동물을 사랑하는 것입니다. 가까운 사람이든 먼 사람이든, 친구든 적이든, 은인이든 원수든 모두를 사랑하는 것입니다. 대상을 가리지 않고, 모두를 사랑하는 것이야말로 진정한 지고의 사랑입니다.

사랑이 으뜸이고 내면에 존재하는 것이라 하지만 사랑의 감정이 가슴에서 자발적으로 솟아오르기는 쉽지 않습니다. 사랑은 새가 알을 깨고 나오듯 이기심이라는 껍질을 깨어야만 품을 수 있는 감정이기 때문입니다. 사랑은 원래부터 사람에게 있는 존재의 상태이므로 그 존재하는 사랑의 씨앗을 키우려고 하면 키울 수 있습니다. 그럼 어떻게 해야 사랑의 감정을 깨워 가슴이 사랑으로 가득하게 할 수 있을까요?

'소아(小我)'인 나를 벗어나 '전체'인 나를 깨달아야 사랑이 흘러나올 것입니다. 내가 마시는 물은 나의 피가 되고, 내가 먹는 음식은 나의 살이 되며, 내가 마시는 공기는 나의 기(氣)가 됩니다. 나의 배설물이 물이 되고 흙이 되며, 다른 동식물이 되고, 내가 내뱉는 호흡은 밖으로 나가 공기가 됩니다. 그 물과 흙, 동식물, 공기가 다른 사람에게 들어가 그 사람의 피가 되고, 살이 되고, 몸이 됩니다. 맑은 물과 공기, 좋은 음식물은 사람을 건강하게 살 수 있게 합니다. 사람 인(人) 자가 서로 기대어 있듯이 사람은 서로 의지하고 도우면서 살아가야 합니다. 모든 물체는 내 안에 있든 밖에 있든 순환하고, 이것이 있어야 저것이 있고, 이것이 없으면 저것이 없으므로 영원히 별개의 것으로 존재하는 것이 아니라 모든 것이 연계되어 있다는 것입니다. 지금의 '나'라는 것은 조건이 맞아 일시적인 나를 구성하는 것이고, 지금의 나를 구성하는 것이 다른 것이 될 수가 있고, 다른 생명이나 물체를 구성하는 것이 언젠가 내가 될 수도 있습니다.

그런 의미에서 지금의 나만이 내가 아니고, 이 세상 만물 전체가 나인 것입니다. 이 세상 만물이 나이므로 다른 사람이나 다른 물체를 사랑하는 것은 나를 사랑하는 것이지 나 아닌 다른 것을 사랑하는 것이 아닙니다. 모든 것에 대한 사랑이 나에 대한 사랑이라는 것을 알게 되면 모든 것에 대한 사랑의 감정이 생기지 않을 수 없을 것입니다. 부모가 자식을 사랑하는 것은 자식을 자신의 분신으로 여기는 생각이 잠재적으로 있기 때문인데, 나 이외의 모든 것을 또 다른 나라고 생각하면 모든 것에 대해 부모가 자식에게 하는 헌신적인 사랑이 생겨날 것입니다.

사람이 동식물이나 자연환경을 사랑하지 않아 동식물이 사라지거나 자연이 황폐해지면 사람도 살 수 없게 됩니다. 그렇기 때문에 동식물이나 자연환경을 사랑하는 것은 결국 자신을 사랑하는 것입니다. 사람과의 관계도 마찬가지입니다. 사랑을 받지 못해 암울하게 산 사람은 범죄로 흐르기 십상인데, 그런 사람이 있으면 그들의 범행으로 피해를 보거나 사회 불안이 생기는 등 사랑을 베풀지 못한 사람에게 피해가 돌아갑니다. 모든 것이 '나'인데 나에게 사랑을 베풀지 않은 결과입니다. 모든 것에 대한 사랑이 왜 필요하고, 그런 사랑이 왜 진정한 사랑이며, 신성한 것인지를 알 수가 있습니다.

사람은 누구나 가슴속에 '사랑의 씨앗'을 품고 있으므로 이를 키워나가면 사랑의 감정은 커집니다. 누구나 부처님과 예수님의 사랑을 갖고 있습니다. 사람의 가슴속에 간직되어 있는 '사랑의 씨앗'을 움트게 하여 키워나가야 하는데, 그러기 위해서는 명상 등을 통해 사랑의 감정을 깨워야 합니다. 명상은 영적인 데 대한 생각의 집중으로 사랑의 감정을 계발하기 위해 생각을 집중하고 반복하면, 마음속에서 사랑의 감정이 움트고 사랑의 꽃이 핍니다. 이기적이고 타락한 생각을 계속하는 사람은 결국 이기적이고 타락한 존재가 되지만 순수하고 이타적인 생각을 끊임없이 하는 사람은 틀림없이 순수하고 이타적인 존재가 됩니다. 사랑에 대해 끊임없이 생각하고 실천하려고 하면 결국 사랑이 가슴에 가득해지고 이를 실천하는 사람이 될 수 있습니다. 사랑의 명상을 계속하다 어느 순간 온 가슴이 사랑의 감정으로 가득 차 있는 것을 느끼고는 명상으로 맛본 감정의 정화에 감격하여 눈물이 맺힌 일도 있습니다.

사랑이라는 선업(善業)을 쌓으면 선과(善果)의 좋은 결실을 맺게 된다는 믿음을 키우면, 사랑의 감정도 함께 키울 수 있습니다. 전체로서의 '나'를 알게 되거나 명상 등을 통해 사랑의 감정을 키우는 것은, 추상적이어서 이해가 어렵고 사랑을 키우는 과정도 어려울 수 있습니다. 선인선과(善因善果)는 이론적으로 단순하고 실감 나는 것이어서 그에 대한 믿음을 키워 확고히 하면 사랑이라는 선업을 실천해나갈 수 있습니다. 선인선과를 믿고 사랑을 키워나가는 것은 선인선과라는 '진리'에 대한 믿음으로 사랑하는 것이어서 대가를 바라는 마음으로 사랑하는 것과는 다릅니다. 자기를 희생하는 사랑을 베푸는데도 아무도 알아주지 않거나 외형적인 보답이 없을 수도 있습니다. 그러나 아무도 몰라주어도 사랑의 감정을 품는 그 자체가 좋고, 나아가 사랑을 실천한다는 것이 보람 있어 자기만의 기쁨으로 간직할 수 있습니다. 사랑의 감정으로 가득 찬 부모를 가진 자식이 정서적으로 잘못될 리 없고, 사랑으로 교육받은 제자가 비뚤어질 리 없으므로 외형적인 보답과는 비교할 수 없는 좋은 보답이 있습니다.

감사의 마음을 키우는 것도 사랑으로 가는 길입니다. 나를 낳아주고 길러주신 부모님에 대한 감사는 부모님에 대한 사랑을 생기게 하고, 깨끗하고 건강한 음식과 물, 공기를 주는 자연에 대한 감사는 자연을 사랑하게 합니다. 나를 지켜주고 보호해

주는 나라에 대한 감사는 나라를 사랑하게 하고, 나에게 재물을 갖게 해준 사회 구성원들에 대한 감사는 사회 구성원들을 사랑하게 합니다. 하루하루를 살면서 생각해보면 감사하지 않을 것이 없으므로 모든 것을 사랑할 수 있습니다. 그러므로 항상 감사하는 마음으로 주위에 사랑을 실천해야 합니다.

사랑의 감정을 키워나가다 보면 사랑이 필요한 곳에 사랑이 베풀어집니다. 사랑의 실천은 상황과 대상에 따라 여러 가지 형태로 나타나는 최상의 덕목입니다. 그런 의미에서 사랑은 모든 덕목이 샘솟는 원천이고, 모든 덕목은 사랑의 또 다른 이름이라 할 것입니다.

사랑은,
아랫사람이나 자식에게는 보호와 희생, 관용이 되고,
웃어른이나 스승에게는 존경과 복종이 되고,
무례한 자나 나를 해한 자에게는 용서가 되고,
진리나 신에게는 겸손과 숭배가 됩니다.
사랑은,
도움이 필요한 자에게는 봉사가 되고,
없는 자에게는 나누고 베푸는 것이 되고,

이웃이나 주위 사람에게는 친절이 되고,

부부나 친구에게는 믿음이 되고,

자연에게는 자연보호가 됩니다.

이처럼 사랑은 여러 이름으로 실천되는 것입니다. 살아가는 과정에서 사랑을 실천하겠다는 마음만 먹으면 실천할 기회와 방법은 수없이 많습니다. 매일 아침에 눈뜨면 오늘도 꼭 한 가지의 사랑을 실천하겠다는 마음을 먹고 사랑할 기회를 찾아야 하겠습니다.

사랑은 자기를 태워 빛을 내는 촛불과 같습니다. 사랑을 실천하면 자기가 빛이 되어 밝게 빛나고, 그 주위도 어둠이 사라져 밝은 세상이 됩니다. 가슴을 사랑으로 가득 채우고 있다면 어떤 일에도 나타나는 것은 사랑밖에 없을 것입니다. 열매로 가득 찬 나무에 돌을 던지면 열매만 떨어지고, 물밖에 없는 강물에 두레박을 던지면 물만 담겨져 올라오듯 말입니다.

끊임없이 수행하기

프로 운동선수들은 하루만 연습을 게을리 해도 기량이 떨어지는 것을 몸으로 느낀다고 합니다. 마음을 닦는 것도 마찬가지인 것 같습니다. 꾸준히 수행으로 단련하다가도 마음 닦기를 며칠만 게을리 하면 불안감이 조금씩 커져 쉽게 종전의 미망 상태로 되돌아가는 것입니다.

얼마 전에 입원하여 간에 있는 종양에 대해 고주파 시술을 했습니다. 입원 전 여러 날 동안 시술에 대해 궁금하기도 하고 불안하기도 하여 마음이 들떠 있었고, 입원 후에는 시술에 따른 조그마한 하나하나의 일에 세심하게 신경을 써야 했습니다. 시술 후에는 시술에 따른 통증과 신체적인 기능 저하 등으로 고통을 당했습니다. 그런 일들로 여러 날 동안을 평소 하던 대로 생활하지 못하여 생활이 흐트러지니 마음도 흐트러졌습니다.

고주파 시술이란 종양 부위에 고주파 바늘을 꽂아 100도 정도의 열을 보내 바늘 주위의 암세포를 열 손상으로 죽게 하는 시술입니다. 간, 폐 등 소수의 장기에 가능한 시술로서 종양이 일정 개수 이하여야 하고, 종양 크기도 지름 3cm 이내여야 하며, 종양 부근에 다른 장기가 있어 주변 장기에 열 손상을 받을 우려가 있으면 안 됩니다. 종양이 초음파 영상에 나타나야 그것을 보고 시술을 할 수 있으므로 초음파 영상에 나타나지 않으면 시술이 되지 않는 등 여러 조건이 맞아야 시술이 가능합니다.

그런 조건에 맞는 간 부위 종양 한 개를 우선 고주파 시술을 하고, 폐 부위의 종양은 CT 영상에 종양이 있는 것만 확인될 뿐 아직 크기가 작아 초음파 영상에 나타나지 않으므로 고주파 시술이 되지 않아 기다려보기로 했습니다. 직장 부위 종양은 고주파 시술이 되지 않아 방사선 치료를 해야 할지 어떨지 몰라, 간 부위 고주파 시술 후 의사와 치료 방법을 의논하기로 했습니다. 말기 암 상태는 전신에 암세포가 번질 가능성이 있어 전신 치료인 항암 치료만이 암세포 전부를 치료할 수 있는 방법입니다. 그러나 두 번의 항암 치료를 받은 나에게는 전신 치료인 항암 치료는 효과가 없어 종양 발생 부위만 치료하는 국소 치료 방법으로 간 부위 종양에 대해 우선 고주파 시술을 하고, 나머지 부위의 치료는 미루어지거나 방법을 찾지 못한 상태입니다.

고주파 시술 단계에서 의사 선생님이 2월에 촬영한 CT에 나타난 종양 크기가 지름 2cm인데 한 달 사이에 지름 2.5cm 정도로 많이 자랐다고 합니다. 종양의 성장 속도가 빠르다는 것은 병이 빨리 진행되고 있다는 뜻입니다. 암세포는 커지면 커질수록 기하급수적으로 빨리 성장합니다. 1mm의 종양이 2mm로 되는 데 2개월이 걸린다면 3cm의 종양이 6cm로 되는 데도 2개월이 걸려 종양이 커진 뒤에는 급속도로 성장하여 위급한 상황이 되는 것입니다.

시술 의사 선생님은 간 종양이 간의 왼쪽 상단에 있는데 그 부위가 심장에 가까워 시술 성공률이 떨어지고, 심장 손상의 부작용이 있을 수 있는데 심장 부위가 손상되면 2개월 정도 입원 치료가 필요하다고 했습니다. 종양이 간의 왼쪽 상단에 있다 보니 복부를 부풀리고 있어야 간이 복부 아래쪽으로 내려와 초음파 영상에 종양이 나타나 시술이 가능하고, 호흡을 하면서 복부를 12분 동안 계속 최대한 부풀리고 있지 못하면 간이 움직여 고주파 바늘이 종양 부위에서 빠져 시술이 실패로 된다고 했습니다. 복부 상단을 부분 마취하여 고주파 바늘을 간 부위 종양에 꽂은 채 열로 종양이 손상되는 고통을 느끼면서, 복부를 부풀린 상태로 호흡하며 12분을 견뎌내는 데는 초인적인 참을성이 필요했습니다. 시술 후 몇 시간 동안 명치에 펀치를 맞은 것 같은 고통이 계속되었고, 안정을 위해 누워서 소변을 보는 등 불편한 하루를 보냈습니다.

시술 결과 다행히 심장이나 다른 장기의 손상은 없었지만 심장 손상을 염려해 종양 아래쪽에 고주파 바늘을 꽂다 보니 종양 상단 부위의 암세포를 죽이지 못했을 수도 있다고 합니다. 그래서 1개월 후 CT 촬영을 하여 최종 결과를 확인하고, 죽이지 못한 부분에 대해서는 다시 고주파 시술을 하자고 합니다. 다시 고주파 시술을 할 확률은 반반이라면서 말입니다.

그런 생활이 이어지다 보니 간 이외의 다른 부위의 종양은 어떻게 될까, 종양의 성장 속도가 빠르니 생각보다 훨씬 빨리 자리에 드러눕게 되는 것은 아닐까, 고주파 시술 시 심장 부위가 손상되면 어쩌나, 다시 고주파 시술을 하게 되면 고통을 참고 배를 부풀리고 있을 수 있을까, 고주파 시술로 인해 저하된 신체 기능은 언제쯤 정상이 될까 하는 생각이 되풀이되었습니다. 가슴 깊은 곳에 불안한 마음이 계속되어 편안한 마음을 가져보려고 해도 잘 되지 않았습니다.

암이 있다는 것을 처음 알았을 때나 첫 번째 수술 후 암이 재발되었을 때에는 충격도 컸고 패닉 상태가 쉽게 극복되지 않았지만, 이번에 재발되었다는 진단을 받았을 때에는 종전보다 충격도 덜했고 쉽게 마음의 안정을 찾았습니다. 첫 번째 재발로 또다시 재발될 것에 대한 마음의 준비가 있었기 때문도 있겠지만 나름대로 독서와 명상 등으로 마음을 닦아왔기 때문에 급속히 마음의 안정을 찾고, 오히려 종전보다 편안한 마음으로 지낼 수 있었던 것입니다. 그런데 며칠 사이에 마음이 불안해지고 상황 변화에 따라 일희일비하게 되다니, 그동안 마음을 닦았다는 것이 헛된 것 같아 부끄러웠습니다.

옛날 인도에서 어떤 수행자가 깨달음을 얻기 위해 히말라야 설산에 들어가 수도를 했다고 합니다. 후에 깨달음을 얻어 이제 어떤 일에도 화내거나 마음이 흔들리지 않을 것이라 생각하고는 설산에서 내려왔습니다. 그는 저잣거리를 걷다가 누군가가 발을 밟자 자기도 모르게 화를 내어 그동안의 수행이 헛된 것이었구나, 생각했다고 합니다. 아무런 어려운 일이 생기지 않고 혼자 있을 때는 누구라도 평온할 수 있습니다. 어렵고 고통스러운 일이 다가왔을 때 평온을 유지할 수 있어야 진실로 마음을 닦은 사람이라 할 수 있습니다. 병 속에 흙탕물을 넣고 가만히 두어 맑은 물을 만들어도 조금만 흔들면 물이 금방 흐려집니다. 하지만 맑은 물이 든 병은 아무리 흔들어도 맑은 물로 남아 있습니다. 그와 같이 마음을 닦아 진정 마음이 맑아진 단계에 이르면 괴롭고 어려운 일이 닥쳐도 마음이 흐려지지 않습니다.

번쩍이는 칼도 닦지 않으면 녹슬어 베어지지 않고, 단단한 근육도 계속하여 단련하지 않으면 힘이 없어집니다. 병원에서 수술을 하는 등으로 꼼짝하지 못하고 며칠만 누워 지내보면 얼마 안 되어 근육의 힘이 빠져 걷는 것도 힘들 정도가 됩니다. 프로 운동선수들은 하루만 연습을 게을리 해도 기량이 떨어지는 것을 몸으로 느낀다고 합니다. 마음을 닦는 것도 마찬가지인 것 같습니다. 꾸준히 수행으로 단련하다가도 마음 닦기를 며칠만 게을리 하면 불안감이 조금씩 커져 쉽게 종전의 미망 상태로 되돌아가는 것입니다. 마음은 들떠 흔들리기 쉽고, 솟아오르는 욕망은 억제하기 어렵습니다.

요즈음은 옛 선각자들이 수행하던 때와는 달리 혼자만의 수행으로 깨달음을 얻는 시대는 아닌 것 같습니다. 불경이나 성경에 진리의 말씀이 담겨 있고, 많은 정신적 지도자와 선각자들이 그들이 깨달은 것에 대해 이야기한 책들이 많습니다. 보통 사람이 혼자의 명상과 수행으로 깨달음을 얻는 것은 어렵겠지만 독서와 가르침을 받으면 다른 사람이 깨달은 것을 머리로 이해하여 비교적 쉽게 받아들일 수가 있습니다. 자신이 깨달았다고 해도 그 깨달음이 가슴에 항상 남아 있지 않고, 그 깨달음대로 살아가기가 힘들 것입니다. 다른 사람의 말이나 글을 통해 깨달음을 받아들인 경우라면 혼자의 노력으로 얻은 깨달음보다 생생하지 않아 가슴에서 쉽게 사라지므로 지속적으로 그 깨달음을 붙드는 노력을 해야 합니다.

법구경에는 "독경하지 않으면 경전이 때 묻고, 수리하지 않으면 집이 때 묻으며, 옷차림을 게을리 하면 용모가 때 묻고, 방일하면 수행자가 때 묻는다"라는 구절이 있습니다. 어려움이 닥치면 흔들리기 쉽고, 지속적으로 수행하지 않으면 때 묻기 쉬운 것이 마음입니다. 하루도 빠지지 않고 끊임없이 마음을 닦아 맑고 고요한 마음을 지켜나가야 할 것입니다.

감사하는 마음 갖기

감사하기 위해서 크고 대단한 것만 생각할 필요는 없습니다. 감사할 수 있는 일은 손을 내밀기만 하면 늘 주어지는 선물과 같이 많습니다. 감사하며 살겠다고 마음먹고 자신과 주위를 살피면 하루 온종일이 감사할 일로 가득 차 있는 것을 알게 될 것입니다.

감사할 줄 알아야 행복할 수 있습니다. 감사는 자신이 사랑과 은총, 축복을 받은 것을 아는 마음이고, 그것을 아는 것이 기쁨 그 자체이기 때문에 행복합니다. 감사는 단순히 만족하는 데 그치는 것이 아니고 만족에 고마움을 더한 것이므로 만족하는 것 이상으로 행복해집니다.

감사는 사랑을 가로막는 장벽을 없애 사랑을 받아들이게 합니다. 감사하는 마음이 상대방에 대한 두려움과 방어를 없애기 때문입니다. 사랑을 받아들이면 긍정적으로 변합니다.

감사는 봉사와 베풂, 친절을 불러옵니다. 은혜를 입은 고마움은 그 보답으로 자기를 희생할 수 있게 합니다. 자기를 희생할 수 있을 때 봉사하고 베푸는 따뜻한 마음이 되어 모두에게 친절하게 대합니다.

감사는 자기를 낮추어 겸손하게 합니다. 세상 모든 것이 나에게 복 주고 나를 위해준다고 생각하면 고개 숙여 감사하지 않을 수 없기 때문입니다.

우리는 감사한 줄 모르거나 감사한 것을 잊고 있을 때가 많습니다. 안타까운 것은 불행이나 고난이 와야 뒤늦게 감사함을 알게 된다는 것입니다. 병이 들어서야 건강의 고마움을 깨닫고, 어둠을 겪어야 빛의 고마움을 압니다. 직장을 잃고 나서야 일을 할 수 있었던 고마움을 알고, 흉년이 들어 굶주려 보아야 풍요로운 때의 고마움을 알게 됩니다. 이렇게 암이라는 중병이 들고서야 뒤늦게 아무 탈 없이 지나는 평상의 날들이 얼마나 감사한 일인지를 깨닫듯이 말입니다. 감사해야 될 일인 줄을 알아 감사한다면 행복할 수 있는데, 감사한 일인 줄 몰라 원망으로 지내는 것은 안타까운 일입니다.

당연하게 생각하는 것이 감사하려는 마음의 눈을 어둡게 합니다. 부모가 자식을, 선생님이 제자를 사랑하는 것이 당연하다고 생각하면 부모나 스승에게 감사하는 마음이 생길 수 없습니다. 좋은 학교에 진학하고 좋은 일자리를 잡은 것이 자기 노력에 따른 당연한 결과라고 생각한다면 감사할 수 없습니다. 비 온 뒤에 화창한 햇빛이 찾아오고 겨울이 지나면 봄이 오는 것을 당연한 자연의 순리로만 생각해서는 감사할 수 없습니다. 돈을 주었으니 일도 시킬 수 있고, 서비스를 받을 수 있으며, 좋은 물건도 살 수 있다고 생각하면 고마운 것은 아무것도 없습니다. 부모님과 선생님의 사랑과 보살핌이 없었다면, 좋은 학교와 일자리를 운영하는 분들이 없었다면 현재의 자신이 있을 수 있었을까요? 물이 없는 열사의 사막에서 태어났다면 날씨나 계절의 변화에 따른 아름다움을 즐길 수 있었을까요? 일해줄 사람이 없거나 좋은 물건을 만드는 사람이 없다면요? 당연하다고만 생각하면 세상일 중에 고마울 것이 없습니다. 당연하다고 생각했던 일에 적극적으로 고마운 생각을 하는 것이 감사의 마음을 커지게 하는 것입니다.

우리가 당연한 것으로 여겨 감사하지 않고 지내는 것 중 하나는 건강입니다. 음식물을 먹고, 소화시켜 영양분을 몸의 필요한 곳에 보내고, 찌꺼기를 배설하는 과정은 너무도 경이롭습니다. 어떤 정밀한 기계가 음식물에서 영양분을 걸러내어 나머지를 배설물로 만드는 일을 할 수 있겠습니까? 호흡과 혈관을 통해 공기와 혈액을 순환시키고, 각종 호르몬을 분비시켜 신진대사를 시키는 등 인체는 정밀하고 복잡합니다. 기계라면 그런 정밀하고 복잡한 일을 하다가는 고장 나지 않을 때가 없을 것인데, 몸이 그런 일을 하면서도 아무 탈 없이 매일 매일 정상적으로 움직여주니 얼마나 고마운 일입니까. 그런 고마운 일에 대해 아무 생각 없이 지내서 되겠습니까? 가진 것이 없고, 되는 일이 없더라도 건강하다는 사실만으로 고마워하면서 밝게 살아야 합니다.

바라는 것이 많거나 교만해지면 감사를 느낄 수 없습니다. 부부가 서로 많은 것을 바라면 서로에게 감사하지 않습니다. 욕심 많은 사장님은 직원들에게 감사하지 않고, 욕심 많은 직원들은 사장님에게 감사하지 않습니다. 재산이 많길 바라면 소박한 삶에 대해 감사할 줄 모릅니다. 적게 바라고, 소박하게 살려고 해야 감사할 일이 많아집니다.

사람이 교만해지면 자기중심적으로 되어 자기는 당연히 대우나 관심을 받아야 된다고 생각합니다. 교만한 사람은 다른 사람에 대해 이해나 배려가 없으므로 다른 사람에게 향하는 감사의 마음이 생기지 않습니다. 자기를 낮추어 다른 사람의 사랑과 관심을 받아들일 때에만 감사할 수 있습니다.

원망하고 한탄해야 될 일을 감사로 승화시킬 수 있어야 합니다.

어느 재벌 기업의 회장은 성공의 비결을 묻는 기자의 질문에 다음과 같이 대답했다고 합니다.

"가난하게 태어난 것을 감사드립니다. 가난했기 때문에 열심히 살아가는 부모님을 보고 근면함을 배워 남들보다 열심히 일했습니다. 학교에 많이 다니지 못한 것에 감사합니다. 못 배웠기 때문에 다른 사람들의 말을 귀담아듣고, 알려고 노력했습니다. 몸이 약한 것에 감사합니다. 몸이 약한 만큼 건강에 신경을 쓰고, 열심히 운동하여 건강하게 살게 되었습니다."

이 사람의 출생과 학력, 건강은 모두 보통 사람에게는 원망스러울 것들이지만 그는 오히려 감사하는 것입니다. 그와 같은 마음가짐이 있었기 때문에 대재벌 회사를 만들고 이끌 수 있었을 것입니다.

같은 일에 대해서 감사할 수도 있지만 원망하거나 한탄할 수도 있습니다. 어떤 감정을 갖느냐는 선택의 문제입니다. 감사를 선택한 사람에겐 기쁨이 찾아오지만 원망과 한탄을 선택한 사람은 고통을 겪습니다.

우리가 살고 있는 인생에는 감사해야 할 일로 가득합니다. 우선 만물의 영장인 사람으로 대이나 다른 생물들이 따라올 수 없는 문화와 문명을 향유하고 있으니 출생부터가 얼마나 행운이고 고마운 일입니까. 사람으로 태어난 것도 고마운데 경제적으로 어느 시대보다 풍부한 때에 살아 끼니 걱정 없이 풍요를 누리는 것은 정말 축복받은 것입니다. 어느 때보다 인권이 신장되어 사람대접을 받고 사는 것도 고마운 일입니다. 100년 전이라면 왕이라도 누릴 수 없는 일을 수없이 많이 누리고 사는 것을 새삼 깨달아 감사해야 합니다.

감사하기 위해서 크고 대단한 것만 생각할 필요는 없습니다. 감사할 수 있는 일은 손을 내밀기만 하면 늘 주어지는 선물과 같이 많습니다. 감사하며 살겠다고 마음먹고 자신과 주위를 살피면 하루 온종일이 감사할 일로 가득 차 있는 것을 알게 될 것입니다.

우리가 매일 생각 없이 먹어왔던 한 톨의 밥알에 대해 생각해도 감사할 일이 너무 많습니다. 모를 심고, 잡초를 제거하고, 수확에 이르기까지 농부의 땀방울이 없었다면 한 톨의 밥알이 될 수 없었을 것입니다. 방앗간 아저씨는 벼를 찧어 쌀로 만들었고, 그 쌀을 운전사 아저씨가 차에 실어 오지 않았다면 우리 곁에 올 수가 없었을 것입니다. 쌀가게를 운영하는 사람이 쌀을 팔고, 그 쌀로 밥을 짓고 식탁에 올려야 비로소 한 톨의 밥알이 되어 우리가 먹을 수 있습니다. 사람뿐만 아니라 자연에 대해서도 감사할 일입니다. 때때로 내린 비는 벼를 성장시키고, 한여름의 따가운 햇살은 벼를 여물게 하며, 비옥한 땅은 영양분을 공급합니다.

그와 같이 한 톨의 밥알에도 비와 햇살, 땅과 많은 사람의 수고가 담겨 있습니다. 그러니 우리가 먹는 음식, 입는 옷, 사는 집 등 하나하나에 감사하지 않을 수 없습니다. 소박한 삶은 그런 사소한 일에 감사하면서 기쁨을 느끼는 것입니다. 인생에서 크고 거창한 일은 손가락으로 꼽을 수 있을 정도로 적지만 사소한 일은 수없이 많습니다. 사소한 일이 일상입니다. 사소한 일에 감사해야 일상이 행복해집니다.

암이라는 중병에 걸려 치료를 하느라 온갖 고생을 다했는데도 치료될 수 없는 상황이 되었습니다. 원망스럽고 한탄하는 마음이 들지 않을 수 없으니 가끔 그런 비통한 기분에 마음이 어두워지는 것이 사실입니다. 그러나 요즘에 와서는 원망보다는 감사하는 시간이 많아졌습니다. 아직도 살 수 있는 날이 많이 남았을 것이라 믿고 열심히 살아가고 있던 때에 암에 걸린 것은 원망스럽고 한탄스러운 일이긴 하지만, 감사하겠다는 마음을 먹으니 암에 걸린 것이 오히려 고마운 점도 있어 차츰차츰 감사하게 되었습니다. 밝은 마음으로 감사하기 위해 열심히 수행을 하지 않았다면 그런 마음이 될 수 없었을 것입니다.

암에 걸렸기 때문에 자유와 휴식을 얻게 된 것에 감사합니다. 변호사라는 직업은 어지간해서 그만둘 수 없는 직업입니다. 큰 병에 걸려 일을 할 수 없거나 훨씬 좋은 다른 직업이 생기지 않는 한 계속하는 직업입니다. 변호사가 하는 일은 다른 사람이 잘못한 일을 수습하거나 서로 싸우는 일에서 한쪽의 편을 들어 함께 싸우는 일입니다. 잘못을 용서받거나 바르게 하는 것도 어렵지만, 상대방이 있어 그쪽도 나름대로 기를 다해 싸우는 것이어서 항상 힘들고, 판사의 심정을 살피는 것도 피곤한 일입니다. 평생을 그런 일에 매달려 살았을 것인데, 말기 암이라는 큰 병으로 인해 그만둘 수 있었습니다. 암이 변호사 일에서 나를 해방시켜 자유를 주었습니다. 남이 싸우는 일에 관여하느라 머리를 아프게 하는 일은 더는 없게 해주었습니다.

일에서 해방되어 이제 은퇴의 여유와 휴식을 즐길 수 있게 되었습니다. 변호사를 그만두니 더 이상 욕심을 부릴 것이 없어 마음이 여유롭습니다. 변호사를 계속했더라면 일을 위해 많은 사람과의 관계를 유지해야 하니 바쁜 인간관계로 '나의 시간'이 거의 없었을 것입니다. 이제 '나의 시간'이 많아져 하고 싶은 것을 할 수 있고, 쉬고 싶으면 쉴 수 있게 되었습니다. 어느 날 갑자기 불행한 일을 당했더라면 이런 여유와 휴식을 즐길 수 없었을 것입니다.

암은 부부의 사랑과 믿음을 굳게 해주고, 많은 시간을 함께 보내게 해주었습니다. 암에 걸려 투병하는 데 대한 다른 사람들의 이해와 관심은 한 다리가 천 리라는 말처럼 피상적이거나 그저 남의 일로 생각하는 것뿐이어서, 우리 부부 사이의 그것과는 비교될 수가 없습니다. 투병 생활은 우리 부부 두 사람만이 고락을 같이하는 외롭고 눈물겨운 투쟁입니다. 어려움이 없으면 굳이 사랑이 필요하다고 생각하지도 않고, 사랑을 확인하기도 어렵습니다. 어려움이 있음으로써 한 사람의 희생이 필요하고, 사랑이 필요합니다. 어려움을 함께 겪고 극복하면서 부부의 사랑은 더욱 확고해집니다. 부부 중 한 사람이 중병이 걸려 고생하다 보면 아픈 쪽은 치료를 위해 다른 사람과 비교할 수 없을 정도로 헌신하는 배우자에게 감사하게 되고, 간호하는 쪽은 배우자가 함께 살아 있다는 것만으로도 얼마나 감사한 일인지 알게 됩니다.

병을 치료하다 보니 다른 사람과 잘 만나지도 않고, 외부 활동도 거의 하지 않게 되어 부부만 함께하는 시간이 많아졌습니다. 아프기 전에는 인사이동으로 지방에서 근무하고 지방에서 변호사를 개업하여 주말부부로 지내 서로 외로울 때도 있었고, 대화가 적다 보니 이해도 부족했습니다. 이제는 함께 지내는 시간이 많으니 대화를 많이 하여 이해가 커졌을 뿐만 아니라 관심 분야도 같아지고, 영화 관람 등 좋아하는 일을 함께 하는 시간도 많아졌습니다.

　암 투병을 통해 얻은 가장 큰 축복은 삶에 대한 새로운 깨달음입니다. 지혜나 깨달음은 큰 고통을 겪지 않고는 쉽게 얻어지지 않는다고 합니다. 책이나 다른 사람을 통해 얻은 지혜나 깨달음은 가슴 깊이 새겨지지 않을 수도 있고, 쉽게 잊어버릴 수도 있습니다. 죽음이 다가오는 두려움의 고통, 죽음의 두려움보다도 더 무서운 병을 치료할 수 없다는 절망의 고통을 겪었습니다. 그 고통을 극복하지 못한다면 남은 인생은 없는 것보다도 못합니다. 자살을 선택한 사람의 심정도 이해될 정도였습니다. 고통을 극복하는 것이 남은 삶을 가치 있게 하는 일입니다. 고통을 이겨내야겠다는 절실한 마음으로 노력하는 동안, 살아오면서 깨닫지 못하거나 가치를 알지 못한 것에 대해 새로운 깨달음을 얻었습니다. 새로운 깨달음으로 삶을 보고, 깨달음대로 살아가려고 노력하는 동안 종전과 다른 새로운 차원의 평화롭고 밝은 삶이 시작되었습니다. 암이 내 몸에 찾아오지 않았다면 이런 축복을 누릴 수 있었겠습니까.

　주치의 선생님은 나와 같이 말기 암 상태로 발견된 환자는 종전 같으면 1년을 살기가 어려웠을 거라고 했습니다. 치료를 하느라 고생했고, 치료가 되기 어려운 지경에 왔지만 진보된 치료제와 의학 기술이 없었다면 3년이 지난 지금까지 건강하게 살아 있을 수 없었을 것입니다. 건강하게 살아 있으니 가족들의 얼굴도 보고, 일도 하고, 이렇게 글로 생각을 정리할 수도 있습니다. 항암 치료를 하는 동안 크게 거부반응이나 부작용 없이 치료를 끝낼 수 있었던 것은 다행이고 고마운 일입니다. 두 번이나 개복하여 간과 대장을 절제해내는 큰 수술을 하는 동안 수술 과정에서 잘못된 것이 없고, 몸이 정상에 가깝게 회복된 것은 축복받은 일입니다. 치료를 뒷바라지한 의사와 간호사 선생님, 가족들, 기도해주신 여러분의 덕분일 것입니다. 치료제와 의학 기술의 발달을 가져다주신 얼굴 모르는 여러분께도 감사드립니다.

종교적인 삶

종교는 우리의 영혼을 썩지 않게 하는 소금과 같으므로 건전한 영혼으로 살아가기 위해서는 종교적인 삶을 살아야 합니다. 종교는 살아가는 하루하루 낱낱의 행위에 의미를 부여하고, 해야 할 일이 무언지를 알려줍니다. 종교가 있어 무엇이 참이고 거짓인지를 생각하게 되고, 자신의 삶을 반성하게 됩니다.

사람은 늙어가면서 이가 빠지거나 눈과 귀가 나빠지고, 근력이 줄어드는 등 육체적 능력이 떨어지고, 기억력과 순발력 등 정신적 능력도 떨어져 자신감을 잃게 됩니다. 경제적으로는 직장에서 은퇴하는 등으로 수입이 줄어들거나 노후자금을 마련해놓아도 잘못하여 잃으면 재기할 수 없다는 생각이 들고, 가까운 친구, 심지어 배우자의 죽음을 맞이하게 되면 자신이 죽을 날도 멀지 않은 것을 실감하게 됩니다. 나이가 들수록 건강과 재산의 상실, 실패, 상처에 대한 두려움이 커지고, 죽음의 공포를 직면하게 되는 것입니다.

나이가 들어 직장에서 은퇴하거나 하던 사업을 그만두는 등

으로 시간적 여유가 생긴 분들 중에는 조금이라도 더 늙기 전
에 더 즐거야 된다면서 즐거움만을 좇는 여생을 살려는 사람
들이 있습니다. 그분들은 어려운 시절에 태어나 젊어서 고생
하셨으니 못 누렸던 것을 즐기는 것을 탓할 수 없고, 그렇게
살고 싶은 심정도 이해합니다. 그렇지만 절제되지 않은 즐거
움이나 기쁨은 '고통'의 반대편에 서 있는 '쾌락'에 지나지 않
아 오래갈 수 없습니다. 고통과 쾌락은 서로 극단을 오갈 수
있어 오늘 즐거움을 주는 그것이 내일은 고통으로 변할 수 있
고, 쾌락이 떠난 자리에는 고통이 남게 됩니다. 더 늙기 전에
놀고 즐기려는 마음의 깊은 밑바닥에는 건강 상실에 대한 두
려움, 생명이 영원하지는 않다는 두려움, 즉 죽음의 두려움이
깔려 있기 때문입니다.

사람들은 이 세상의 즐거움이 현실적으로는 만족스러운 것
이라고 생각하면서도, 한편으로는 세속적인 즐거움이 지속되
기 어렵고 근원적인 만족을 주지 못하는 것이라는 생각도 마
음 한구석에 가지고 있습니다. 오늘은 태양이 빛나지만 언젠
가 먹구름이 몰려올 날이 있다는 것을 알듯이 세속적 기쁨이
끝날 날이 있음을 알고 있어 마음이 허전합니다. 물질적인 것
에서 행복을 찾을 수 있다는 믿음으로 노력하면서도 그 믿음
에 반대하는 내면의 소리도 느낍니다. 그것은 죽음이라는 운

명을 거부하는 것이기도 하지만 영원한 불멸의 것에서만 완전한 만족과 마음의 평화를 찾을 수 있다는 믿음이 잠재하고 있기 때문입니다. 그런 잠재적 믿음이 신앙의 근거이고, 모든 종교의 기원과 근원이라고 이론적으로 말합니다.

우리의 미래는 예측할 수 없어 항상 불안하고, 돈을 벌고 지위가 올라 세속적인 성공을 하더라도 무언가 허전하고, 그 재물이나 지위를 잃을 것이 두렵습니다. 자신이 병들거나 주위 사람, 특히 가까운 사람이 죽어가는 것을 보면 죽음에 대한 공포와 두려움이 찾아옵니다. 살아가는 동안 미래에 대한 불안, 상실에 대한 두려움, 마음속의 허전함을 극복하여 가치 있는 편안한 나날을 보내고, 죽음에 대한 공포와 두려움을 없애 평화롭게 죽음을 맞이할 수 있어야 합니다. 그러기 위해서 그런 부정적인 마음을 극복하게 해줄 수 있는 무언가를 찾게 되고, 무언가에 대해 의지함으로 불안과 두려움을 극복할 수 있다는 믿음이 생기면 그것이 종교가 되는 것 같습니다.

가치 있고 평온한 삶을 살고, 평화롭게 죽음을 맞이하기 위해서는 종교가 필요합니다. 종교는 우리의 영혼을 썩지 않게 하는 소금과 같으므로 건전한 영혼으로 살아가기 위해서는 종교적인 삶을 살아야 합니다. 종교는 살아가는 하루하루 낱낱의 행위에 의미를 부여하고, 해야 할 일이 무언지를 알려줍니다. 종교가 있어 무엇이 참이고 거짓인지를 생각하게 되고, 자신의 삶을 반성하게 됩니다. 종교가 없다면 우리 인생에 두려울 것도 없고 바르게 살아야 될 아무런 이유도 없어 윤리와 도덕도 없을 것입니다.

신(=진리)과 하나가 되는 것, 영원한 것과 완벽한 조화를 이루는 것이 종교의 목표라고 합니다. 종교의 궁극적 목표는 같지만 세상에는 여러 이름의 종교가 있고, 교리나 수행 방법이 달라 어떤 종교를 가질 것인지는 결정하기 어렵습니다. 우리나라 사람들이 많이 믿는 종교는 건조한 사막 지방에서 일어난 기독교와 인도의 몬순 지방에서 일어난 불교입니다. 종교에 대해 아는 것이 없어 부끄럽고, 생각을 달리하는 분의 비난을 받을 수도 있어 두렵지만 두 종교에 대한 소박한 생각을 정리해보겠습니다.

기독교는 하느님이라는 절대자의 존재를 전제하여, 이 세상은 하느님의 의지대로 움직여나가는 것이고, 인간은 하느님의 피조물로서 하느님에게 의탁하면서 하느님의 가르침에 따라 살고, 하느님이 나를 사랑하신다는 믿음으로 원하는 것을 하느님에게 간절히 기도하면서 영적인 평온을 찾는 종교입니다.

불완전하고 약한 인간으로서 절대자인 하느님을 믿고, 그분에게 의지하여 그분의 사랑 안에서 살아간다는 것은 진정한 구원이며 행복입니다.

사람에 따라서는 성령으로 동정녀가 잉태했다거나 예수께서 죽은 뒤 다시 부활했다는 것 등 자연적 현상으로는 일어날 수 없는 일들에 대해 의문을 제기하며 쉽게 믿음에 들지 못하는 분도 있고, 믿음에 들었다가도 논리적인 부분에 의심을 가져 회의를 느끼는 분도 있는 것 같습니다. 종교의 문제를 논리적으로 접근해서는 곤란하고, 초자연적이거나 초논리적인 관점에서 이해해야 할 것 같습니다. 그런 개별적인 초자연적 사실이나 비논리적인 면보다는 하느님의 가르침이 어떤 것인가를 알고 그것을 받아들이고 실천하여, 그분의 사랑 안에서 살아간다는 것을 믿는 것이 중요합니다.

기독교는 하느님의 가르침대로 살아가면서 자신의 바람이 이루어지도록 하느님에게 기도하는 종교이므로 '기도의 종교'라고도 합니다. 하느님에 대한 믿음은 하느님께서 나를 사랑하셔서 기도의 내용도 들어주시고 모든 일이 잘되도록 '은총'을 주실 거라는 긍정적인 마음으로 살아가게 합니다. 그러나 하느님에게 기도를 해도 때로는 기도대로 되지 않는 일도 있고, 좋지 않은 일이 생길 수도 있습니다. 그런 일에 믿음이 흔들릴 수도 있겠지만 그러한 일조차도 하느님의 보다 큰 뜻에 의한 것이라 믿어 그런 일을 믿음을 더욱 돈독히 하는 계기로 삼아야 할 것입니다.

불교는 부처님을 믿는 것이 아니라 사람에겐 누구나 깨달음의 씨앗(佛性)이 있다는 것을 전제하여, 부처님의 가르침에 따라 명상과 수행으로 진리를 깨닫고 진리에 따른 삶을 살아 번뇌에서 벗어나는 종교입니다. 불교는 명상을 통한 자기 계발과 자기 탐구의 결과 깨달음에 이르는 것이어서 '명상의 종교'라고도 하는데, 다른 것에 의지하는 것이 아니라 자신과 진리에 의지하는 종교입니다.

사람은 절대적인 것에 의지하려는 본능이 있는데, 현실적으로 약하고 모순 덩어리인 자기 자신에게 의지하거나 막연한 개념인 진리에 의지하여 번뇌에서 벗어날 것이라는 확신이 생기기는 힘듭니다. 아무리 자기 탐구와 성찰을 해도 깨달음에 이르리라는 자신도 없고, 깨달음이라는 기쁨이 순간적으로 찾아왔다 하더라도 그 상태를 유지하여 깨달음대로 살아갈 수 있을지도 의문입니다.

수행승이 되려면 자기에게 '깨달음의 씨앗' 이 있다는 것을 믿고, 갈고닦으면 석가모니나 예수와 같은 깨달음을 얻을 수 있다는 확신으로 그런 의문을 극복하는 것이 필요합니다. 깨달음을 얻는 것이 온 세상을 얻는 보람 있는 일이라는 믿음으로 어떠한 고난과 어려움도 극복하겠다는 굳센 의지로 정진하는 것이 필요합니다. 보통의 생활 불교인에게는 부처님의 가르침인 진리의 말씀을 알고, 그 말씀을 실현해 마음의 평화를 얻을 수 있다는 믿음이 필요합니다.

기독교와 불교 중 어느 종교가 낫다거나 어느 종교를 믿어야 된다는 것은 편협한 생각으로, 이기적인 '나'를 벗어나지 못한 것입니다. 사교(邪敎)가 아닌 한 모든 종교는 진리에 합일하는 삶을 살게 하는 것이 목표이고, 그 과정이 다를 뿐입니다. 기독교에서 하느님을 닮아가려 하는 것은 진리에 합일하려는 것으로, 예수님께서도 "진리는 나를 자유롭게 한다"라고 하셨고, 불교 수행의 최종 목적인 깨달음이란 진리를 깨닫는 것입니다. 사람에 따라 다른 종교적·사회적 환경, 개인적 경험과 의지 등에 따라 자기에게 적합한 종교를 가지면 될 것입니다. 다른 종교의 좋은 점을 취한다면 자신의 종교 생활에 오히려 보탬이나 보완이 될 것입니다.

종교적인 삶을 살기 위해서는 혼자 있는 시간을 자주 가져야 합니다. 혼자 있는 시간이 많아야 내면을 마주하는 시간이 많아져 종교적 명상과 기도의 시간을 가질 수 있습니다. 이런저런 사람들과의 모임에 가입하여 사람들과 만나 이야기하는 것은 혼자 있는 시간을 빼앗고 사람을 허하게 만듭니다. 종교적 삶을 사는 사람은 외로움과 즐거이 벗할 수 있어야 합니다. 무소의 뿔처럼 혼자 갈 수 있어야 수행자입니다.

종교적인 삶을 사는 사람은 검소한 삶을 사는 사람입니다. 이런저런 것을 하고 싶거나 가지고 싶고 누리고 싶은 것은 욕심이고 사치입니다. 종교적인 삶을 사는 사람은 욕망을 절제하며 사는 사람입니다. 욕망을 절제하지 않으면 마음의 갈등이 오고, 마음의 갈등이 많으면 조용하게 내면을 바라보거나 맑은 마음으로 기도할 수 없습니다. 사치와 허영은 내면의 세계를 바라보는 것이 아니라 바깥에서 만족을 구하는 것이기 때문에 종교적 삶이 될 수 없습니다.

이기적인 생각을 버려야 종교적인 삶을 살 수 있습니다. 종교는 병을 낫게 해주거나 재산 등의 복을 주는, 신체적·물질적 이득을 주는 것이 아닙니다. 그런 바람으로 기도하는 것은 바람직하지 않고, 오히려 병이 낫지 않거나 불행이 찾아오더라도 영혼이 흔들리지 않도록 기도하는 것이 올바른 기도일 것입니다. 이기적인 생각은 진리의 반대편에 있는 것으로 진리에 따른 삶인 종교적 삶을 방해하는 것입니다. 이기적인 생각으로는 진리를 깨달을 수도 없습니다. 종교적인 삶을 사는 사람은 사랑과 봉사의 이타적인 삶을 살아 영적인 구제를 받는 사람입니다.

종교적인 가르침을 실천하는 것이 가장 중요한 것입니다. 진리는 아는 것보다 실천할 때 진정한 자유와 기쁨을 줍니다. 교회나 성당, 절에 다니는 것만이 종교적인 삶이 아닙니다. 사원에 다니지 않더라도 진리의 가르침을 배워 실천하는 것이 진정한 종교적 삶입니다. 아무리 경전을 많이 외우고 있더라도 실천하지 않는 사람은 참된 수행자의 대열에 들 수 없고, 경전을 조금밖에 외울 수 없더라도 진리대로 실천하고 욕망과 분노와 어리석음에서 벗어난다면 진정한 수행자의 대열에 들 수 있다고 했습니다.

옛날 인도에서는 남자는 결혼을 하여 자식들을 키우며 집안을 돌보다 아들이 성장하여 가정을 이끌어나갈 때가 되면 처를 아들에게 맡기고 홀로 수행자의 길로 들어서 여생을 보냈다고 합니다. 지금도 일본에서는 대처승의 아이들은 어느 정도 나이가 들 때까지 사회생활을 하다가 은퇴할 시기가 되면 승려가 되어 승려 생활을 하면서 여생을 보낸다고 합니다. 사람은 나이가 들면 물질적인 생활을 멀리하고, 종교적인 영적 삶을 살아야 한다는 지혜로 받아들여 종교적인 삶을 살아야 할 것입니다.

친절의 즐거움

친절한 사람은 '복'을 만드는 사람이고, 불친절한 사람은 '화'를 부르는 사람입니다. 친절한 사람에게는 다른 사람도 친절하게 대하므로 밝고 기분 좋은 대화가 오갑니다. 친절하지 못한 사람에 대해서는 기분이 상해 괜히 따지고 나무라는 사람들이 많아져 불쾌한 기분으로 보내는 시간이 많아집니다.

친절은 나, 그리고 나와 인연을 맺는 사람들 모두를 즐겁게 살아가게 하는 묘약입니다. 베풀어야 할 친절을 생각하는 것 그 자체만으로 기쁘고, 친절을 실천하면 좋은 일을 했다는 생각에 더욱 기쁘게 됩니다. 내가 친절을 베풀면 나의 친절로 다른 사람이 기쁘고 즐거워집니다. 나의 친절로 즐거워진 사람들은 자연적으로 나나 다른 사람들에게 친절하게 할 것이므로 친절은 기쁨을 기하급수적으로 늘어나게 하고, 온 세상을 밝게 만듭니다. 화는 화를 부르고, 복은 복을 부르듯이 친절은 기쁨과 즐거움, 행복을 부르는 첫 단추입니다. 이처럼 친절은 남뿐만 아니라 자기 자신과 세상을 위하는 아름다운 행동입니다. 톨스토이도 "친절은 세상을 아름답게 한다. 모든 비난을 해결한다. 곤란한 일을 수월하게 하고, 암담한 것을 즐거움으로 바꾼다"라고 했습니다.

친절은 밝은 마음에서 흘러나오는 것입니다. 사랑하는 마음을 품고 있으면 모든 것이 사랑의 대상이어서 사랑으로 대하게 되므로 친절한 행동이 흘러나오지만, 증오하거나 싫어하는 마음을 가지고 있으면 차갑고 불쾌하게 대할 것입니다. 감사하는 마음을 갖고 있으면 모든 것이 은혜로워 그에 보답하는 심정으로 친절을 베풀게 되지만, 피해 의식이나 배신감을 갖고 있으면 앙갚음하려는 생각으로 차 있어 상대에게 기분 나쁘게 대할 것입니다. 친절은 편안하고 평온한 마음에서 나오는 것이지 걱정, 근심으로 불안과 공포에 질려 있으면 친절할 수 없습니다. 그러므로 친절하기 위해서는 사랑과 감사, 자비 등 긍정적인 마음을 키워나가 그런 감정을 가슴에 담아둬야 합니다. 친절한 사람인지 아닌지는 결국 얼마만큼 밝은 마음을 가진 사람인지에 달려 있습니다. 진정으로 고상한 인품을 가진 사람은 친절한 사람입니다. 자신이 친절한 사람이 아니라면 자신의 인품에 대해 다시 생각해봐야 합니다.

친절은 여유로운 마음에서 나옵니다. 초조하거나 조급하면 자신을 먼저 생각하여 다른 사람을 돌아볼 여유가 없으므로 친절해질 수 없습니다. 교통 체증이 심한 곳에서 바쁜 차량에게 양보할 수 있는 친절은 여유로운 마음에서 나옵니다. 여유가 없다면 끼어들기를 하는 차량에게 비켜주지 않기 위해 앞차에 차를 바싹 붙이거나 클랙슨을 울리는 등 친절하지 않은 행동을 할 것입니다. 여유로운 마음을 갖기 위해서는 우선 시간적 여유를 가져야 합니다. 일을 끝내는 시간을 넉넉히 뒤로 잡고, 적은 시간에 많은 일을 하려고 하지 않아야 시간적 여유가 생겨 친절해질 수 있습니다. 조금 늦게 일이 끝나도 되고, 조금 늦게 퇴근하겠다는 기분으로 일을 해야 시간적 여유가 생깁니다. 내가 좀 손해 보면 된다고 생각하고 여유로운 마음을 가지면 초조하거나 조급한 마음에서 벗어나 친절해질 수 있습니다. 친절한 성격을 타고난 사람도 있겠지만, 여유를 갖고 사람을 대하는 습관을 만들어 친절한 사람으로 바뀔 수도 있습니다.

겸손한 마음을 가져야 친절할 수 있습니다. 권위에 사로잡혀 자만심이나 교만한 마음으로 자기 세계에 갇혀 있으면 자기만 생각하고 다른 사람을 생각하지 않으므로 친절한 마음이 생기기 어렵습니다. 돈이 많은 사람이나 높은 지위에 있는 사람 중에는 다른 사람을 배려하지 않고 함부로 행동해 어려운 처지에 있는 사람에게 상처를 주는 사람이 많습니다. 어떤 분야에서 권위를 인정받으면 권위 의식에 사로잡혀 자기가 최고인 것으로 생각해 다른 사람을 우습게 보기 쉽습니다. 교만은 고립되어 살아가는 것이고 겸손은 숲이 되어 함께 살아가는 것이라 합니다. 교만한 마음으로 평생을 사는 것보다는 겸손한 자세로 하루를 사는 삶이 아름답습니다. 자기를 낮추는 겸손을 배워 다른 사람에게 친절을 베풀며 살아가는 아름다운 사람이 되어야 할 것입니다.

친절은 이해관계를 따져 베푸는 것이 아니라 사람에 대한 사랑의 표현입니다. 자신의 권리만을 생각하면 친절해지기 어렵습니다. 물건을 사거나 서비스를 받는 대가로 돈을 주므로 상대방이 당연히 나에게 친절히 대해주어야 하는 것으로 생각하지 말고, 그런 사람에게도 내가 먼저 친절하게 대해야 합니다. 부하 직원에게도 상하 관계로 명령할 수 있다는 생각으로 함부로 대하지 말고 친절하게 깍듯이 대해야 좋은 상사입니다.

지금 치료받는 병원에서 지금까지 나를 돌보아주시는 주치의 격인 의사 선생님이 계십니다. 의사 선생님 중에는 검사 결과를 보면서 고개를 갸우뚱거리면서 곤란하다는 표정을 감추지 않았고, 치료를 어떻게 할 것인지에 대해서도 잘 말씀해주지 않는 분도 계신다고 합니다. 하지만 그분은 처음 나를 만났을 때 진료실 밖에 많은 환자가 기다리고 있는데도 각종 영상 자료와 검사 결과를 면밀히 검토하고서는 병의 진행 상태와 치료 방법, 치료 가능성 등에 대해 찬찬히 구체적으로 설명해주었고, 나의 질문이 여러 환자로부터 항상 듣는 질문이고, 상식적이거나 바보스런 것이어도 진지하게 대답해주었습니다. 나에 대해서만 그렇게 하는 것이 아니었습니다. 그분의 진료를 받을 때마다 진료 예정 시간보다 한두 시간이 늦어지는 것이 보통인데도 환자들 중에 불평하는 사람을 보지 못했습니다. 예정 시간보다 그렇게 늦어지는 것은 환자 한 명 한 명을 귀중히 생각하여 꼼꼼히 살펴주고 조언해주기 때문입니다. 수술 후 첫번째 간의 종양이 재발되었을 때는 일부러 나를 위해 외국의 치료 사례를 찾아내 치료 방법을 알려주었고, 항암 치료가 어려운 상태인 지금도 나에게 최선의 치료 방법을 찾아 권유해주고 있습니다. 대장암에 대해서는 모두가 알아주는 권위자이므로 수술, 외래 진료, 강의, 학회 참석 등 눈코 뜰 새 없이 바쁠 것입니다. 그런데도 나를 포함한 모든 환자에게 친절하게 대해주는 것은 환자 개개인을 모두 귀하게 여기고, 사랑과 동정으로 병을 고쳐주어야겠다는 마음을 갖고 있고, 정해진 시간보다 한

두 시간 더 일해도 된다는 여유로운 마음을 갖고 있기 때문일 것입니다. 대장암에 있어서는 우리나라에서 손꼽히는 분이 권위를 내세우지 않고 모든 환자에게 친절한 마음으로 대해주는 것은 훌륭한 인품이 뒷받침되지 않고는 어려울 것입니다.

친절하기 위해서는 환하게 웃는 밝은 표정을 지어야 합니다. 환하게 웃는 얼굴로 친절하게 대해야겠다는 마음을 먹고 사람들의 표정을 살펴보니 밝은 표정을 하고 있는 사람이 드물었습니다. 지하철에 앉아 있는 사람들이나 주위를 지나는 사람들의 표정을 살펴보면 대부분 어두운 표정을 짓고 있습니다. 심지어는 인사를 주고받으면서도 어두운 얼굴로 인사하는 사람이 많습니다. 기분이 밝지 않아도 일부러 웃는 얼굴을 해보면 왠지 기분이 밝아지고, 밝아진 기분으로 계속 웃는 얼굴을 할 수 있습니다. 눈물이 전염되듯 환하게 웃는 밝은 얼굴도 전염이 됩니다. 만나고 대화하는 상대방에게 밝게 웃어 보이면 그 사람도 무심결에 웃는 얼굴로 대합니다. 큰 병을 얻어 투병하면서 밝은 얼굴로 사람을 대하니, 무거운 마음으로 저를 만났다가 오히려 나 때문에 상대가 기분이 밝아지는 것을 느끼게 됩니다. 집에서도 밝은 표정으로 지내니 가족들도 마음이 편해져 중환자가 있는 집이라고 생각되지 않을 정도로 집안

분위기가 밝아졌습니다. 밖에서는 친절하고 밝게 지내면서도 집에 들어와서는 화를 내거나 엄격해지는 분이 있는데 집에서 밝게 지내는 것이 더 가치가 있습니다.

상냥하고 아름다운 말을 해야 친절한 마음이 표현됩니다. 속으로는 친절한 마음을 갖고 있더라도 표현이 차갑고 무뚝뚝하거나 거칠다면 친절한 것이 아닙니다. 아름다운 목소리로 노래를 불러야 듣기가 좋듯이 상냥한 어조로 말해야 듣는 사람이 기분이 좋습니다. 전화를 할 때는 서로 얼굴을 볼 수 없으므로 특히 상냥하게 말해야 되고, 얼굴을 모르거나 잘 알지 못하는 사이라도 상냥하게 말해야 상대방의 경계심이 없어집니다. 나를 걱정하는 분들이 어쩌다 불안한 마음으로 전화를 했다가 내가 상냥하고 부드럽게 말하는 것을 듣고는 모두 좋은 일이 있는 것으로 생각하여 안심을 하는 것 같습니다. 본래 무뚝뚝하고 사무적으로 말하던 내가 친절해야겠다는 마음으로 상냥하게 말하니 효과가 더 큰 것 같습니다.

아름다운 말은 긍정적인 단어를 사용하는 것입니다. 상대방의 생각이나 행동에 동의하는 말을 해야 합니다. "좋은 생각입니다", "잘 하셨네요", "그렇게 하겠어요" 하는 등으로 말입니다. 권유를 할 때도 부탁하거나 바라는 마음으로 말해야 친절한 말이지 명령하거나 지시하는 투로 말해서는 안 됩니다. 당연히 어떻게 해야 옳은 일도 "이렇게 해주시면 좋겠네요", "이렇게 해주실 수 있겠습니까?"라고 말하는 게 좋겠지요. "감사합니다"라는 등으로 감사와 존경의 마음을 표현하는 것이 친절입니다.

예의를 지켜 행동하는 것이 친절입니다. "무례한 자는 용서하게 하옵시고"라는 기도 문구가 있습니다. 무례한 행동이 얼마나 감정을 다치게 하기에 '용서' 까지 해야 되는 것인지를 잘 생각해봐야 합니다. 인사를 나눌 때 저쪽에서는 진심으로 반가운 마음으로 정중하게 고개 숙여 인사를 하는데 이쪽에서는 건성으로 고개만 까딱하거나 다른 데 신경을 쓰고 있는 태도를 보이는 것은 무례한 행동으로, 상대방의 감정을 상하게 합니다. 우리나라와 같이 상하 관계와 예의를 따지는 나라에서 윗사람이 일부러 웃으면서 정중하게 인사를 하는데도 손아랫사람이 자리에 앉은 채 무뚝뚝하게 응하는 것은 극단적 무례이므로 조심해야 할 것입니다.

운동을 하거나 다른 사람과 어울릴 때에 순서가 있거나 다른 사람을 위해 지켜야 할 규칙(Rule)이 있는 경우에는 규칙을 잘 따르는 것이 친절한 행동입니다. 규칙이라는 것은 서로 편하기 위해 있는 것입니다. 다른 사람이 규칙을 지키지 않으면 내가 불편하듯이 내가 규칙을 지키지 않으면 다른 사람이 불편해집니다. 규칙을 지키는 불편보다는 규칙을 지킴으로써 얻는 편리와 이득이 훨씬 큽니다.

손아랫사람이든 지위가 낮은 사람이든 모든 사람에게 친절해야지 사람을 가려서 다르게 행동하면 안 됩니다. 손윗사람, 나에게 이득을 줄 사람 등 예의를 갖춰야 하는 게 당연하거나 잘 보여야 할 사람에게 친절하게 하는 것은 누구나 할 수 있는 것이니 친절이라고 하기도 어렵습니다. 부하 직원이나 나이 적은 사람에게는 함부로 대하기 쉽고, 어려운 사람이나 사회적 지위가 낮은 사람에게는 무관심하여 자기도 모르게 불친절하기 쉽습니다. 그런 사람들이라고 차별받아야 할 이유가 없습니다. 오히려 그런 사람들일수록 따뜻한 배려와 관심이 더 필요합니다. 약자일수록 잘못 대하면 감정의 상처가 클 수 있습니다. 군대의 상관이나 회사의 상사, 스승을 모시듯이 힘없고 어려운 사람들에게도 그와 같은 마음으로 정성과 예의를 다해야 합니다. 세상 모든 사람을 부처님이나 예수님이라 생각하여 친절하게 대하면 그들도 마음을 열어 좋은 마음으로 다가올 것입니다.

기분이 좋고 여유가 있을 때에는 누구나 친절할 수 있습니다. 그와 반대되는 상황에서도 친절을 베풀 수 있어야 합니다. 몸 상태가 좋지 않거나 기분 나쁜 일이 있어도 그런 일을 드러내지 않고 웃어줄 수 있어야 합니다. 사람을 가려 행동이 달라져서도 안 되지만 자신의 감정에 따라 달라져서도 안 됩니다. 감정에 휩싸여 행동하지 않기 위해 수행해야 하고, 감정이 오락가락하지 않도록 마음을 닦아야 합니다.

친절한 사람은 '복'을 만드는 사람이고, 불친절한 사람은 '화'를 부르는 사람입니다. 친절한 사람에게는 다른 사람도 친절하게 대하므로 밝고 기분 좋은 대화가 오갑니다. 친절하지 못한 사람에 대해서는 기분이 상해 괜히 따지고 나무라는 사람들이 많아져 불쾌한 기분으로 보내는 시간이 많아집니다. 친절한 사람과는 누구나 친구가 되고 싶어 하지만, 불친절한 사람은 가까이 지내길 바라는 사람이 없고, 오히려 원망하는 사람이 있을 뿐입니다. 화복(禍福)이 친절한 말 한마디로 갈라지는 것도 모른 채 살아가는 사람이 많다는 것이 답답하기만 합니다.

오랜 세월 동안 다른 사람들이 접근하기 어렵도록 차갑고 딱딱하게 대하는 것을 권위를 지키는 것으로 생각했습니다. 다른 사람의 약점이나 모순을 파고드는 가슴 아픈 말을 하여 사실을 밝히는 것을 능력으로 알고 일해왔습니다. 어려운 시험에 합격함으로 남들보다 똑똑하다는 게 증명된 것으로 믿고 교만으로 살았습니다. 권위와 독선, 교만으로 불친절한 삶을 살아왔던 것입니다. 그렇게 살아온 세월이 하도 길어 습관의 틀을 깨고 나가기가 다른 사람보다 더 어려웠습니다.

암이란 병이 나에게 찾아와 오랜 기간 함께하다 보니 여러 선물을 받게 되었는데 그중 하나가 친절입니다. 겸손해지겠다는 마음으로, 밝게 살겠다는 마음으로, 사랑하겠다는 마음으로 세상을 대하니 어느 새 친절해지게 되었습니다. 불친절로 살아온 오랜 습관이 아주 사라진 것은 아니지만 친절하게 지내는 것이 얼마나 사람을 즐겁고 밝게 만드는지를 이제는 경험으로는 알게 되어 다른 사람들에게도 알려주어 친절한 삶을 살게 하고 싶습니다.

보너스 삶

이젠 무엇보다도 '자기의 삶'을 살아야 합니다. 자기의 삶이
란 자신이 진정으로 하고 싶은 일을 하면서 자신이 원하는 삶
을 사는 것입니다.

쉰 살을 넘어 육십이 멀지 않은 긴 세월을 살아왔
습니다. 내 나이쯤 되어 살아온 세월을 되돌아봤을 때 죽을 고
비가 전혀 없었다고 생각하는 사람은 많지 많을 것입니다. 병
에 걸려서 죽을 수 있었고, 어쩌면 사고로 죽을 수도 있었을
것입니다. 심지어는 일시적으로 자살하고 싶은 충동을 참아낸
기억도 있을 수 있습니다. 죽을 고비가 없었다는 사람도 그 사
람이 알지 못하는 사이에 위험이 지났을 수도 있습니다. 살아
있는 적지 않은 사람들이 이미 죽었을 목숨인데도 살아 있는
것입니다. 죽었을 목숨이 아직 살아 있다는 것은 자기의 삶을
다하고, 이젠 보너스로 받은 삶을 살고 있는 셈입니다.

나 역시 지나온 세월 동안 몇 번의 고비가 있었습니다. 그 첫 번째가 유년기에 폐렴으로 죽을 뻔한 일입니다. 어른들 이야기로는 내가 초등학교에 들어가기 전 아주 어린 나이일 때에 폐렴에 걸려 사경을 헤매어 죽는 것으로 생각했는데 살아났다고 합니다. 페니실린이라는 약이 개발되어 있지 않았더라면 아주 오래전 유아기 때 이미 세상과 이별했을 것입니다.

청년 시절에는 폐결핵으로 죽을 고비를 넘겼습니다. 대학을 갈 수 없는 가정 형편에 대학을 들어가 낮에는 공무원 생활을 하여 학비를 벌고 밤에는 야간대학을 다니는, 소위 '주경야독(畫耕夜讀)'을 했습니다. 학비를 모으자니 쓸 돈이 없어 제대로 먹지도 못했습니다. 새벽같이 일어나 피곤한 몸을 이끌고 한 시간 이상 버스를 타고 출근하여 일하고, 밤에는 대학을 가 밤 10시에 수업을 마치고, 또다시 시내버스를 타고 한밤중에 집으로 돌아오는 고단한 나날을 보냈습니다. 심지어 한겨울 내내 아무리 추운 날씨에도 불을 넣지 않아 얼음이 언 냉방에서 살기도 했습니다. 그 때문인지 대학 2학년을 마치고 논산 훈련소에 입대하여 신체검사 결과 결핵으로 판정되어 귀향 조치되었습니다. 군에 입대하지 않았더라면 신체검사를 할 일이 없어 가벼운 상태에서 결핵을 발견하지 못해 치료가 될 수 없었을 것입니다. 또 그 이전에는 결핵 약이 잘 듣지 않아 많은 사람이 결핵으로 목숨을 잃었는데, 다행히 당시 개발된 신약들의 약효가 좋아 병이 치료될 수 있었습니다.

10년 전쯤에는 질식사 일보 직전에 살아난 일도 있습니다. 여름휴가로 가족을 모두 데리고 동해안에 가 회를 먹었습니다. 산낙지를 먹다 목에 붙어 식도가 막혀 거의 질식하기 전에 간신히 뱉어내 위험한 순간을 넘겼습니다. 얼마나 놀랐던지 지금도 가끔 그때를 생각하면 정신이 아찔한데, 운이 나빴더라면 이렇게 살아 있을 수 없었을 것입니다.

그리고 3년 전 발견된 암만 해도 이미 간에 전이되어 일곱 군데나 암세포가 자라고 있어 수술을 받을 수 없을 정도의 말기 대장암이었는데, 의사 선생님의 말씀으로는 예전과 같이 치료 기술이 발달되지 않은 상황에서는 1년을 살기가 어려웠을 것이라는 겁니다. 좋은 항암제의 개발로 암세포가 많이 사라져 수술이 가능해 이미 죽었을 목숨이 지금까지 살아 이렇게 글을 쓰고 있는 것입니다.

의약 기술이 조금만 늦게 발달되었더라도, 운이 조금만 나빴더라도 이미 오래전에 이 세상 사람이 아닐 수도 있었습니다. 지금 이렇게 살아 있는 것은 지금껏 살아온 삶을 반성하여 새로운 모습으로 살아보라고 하늘에서 보너스 삶을 준 것인지도 모릅니다. 보너스로 받은 기간이 얼마일지는 모르지만 소중한 시간입니다. 나뿐만 아니고 적지 않은 사람들이 보너스의 삶을 살고 있을지 모릅니다. 죽은 목숨인 것을 새롭게 살라고 덤으로 받은 이 소중한 시간을 종전과 달리 어떻게 살아가야 할까요?

지금부터는 하루하루를 기쁘고 편안하게 살아야 합니다. 지금까지는 살아갈 날들에 대해 근심과 걱정을 했을지 모릅니다. 이제부터는 기쁘게 사는 일에 대해서만 생각해야 합니다. 지금까지는 경쟁에서 살아남기 위해서 때로는 남을 미워하고 원망했을지도 모릅니다. 이제부터는 이웃들에게 사랑과 친절을 베풀며 편안하게 살아가야 합니다. 돈 때문에 걱정하고 다른 사람과의 불화로 고통받는다면, 덤으로 받은 소중한 시간이 아무 의미가 없기 때문입니다. 누군가 무례하게 굴어 화나게 하는 일이 있어도 모두 이해하는 마음으로 살아야지 다투고 화를 내서는 안 될 것입니다.

이제는 자유롭게 살아야 합니다. 머리가 아픈 복잡한 일을 해왔거나 업무량이 많으면 다른 일을 찾거나 일을 줄여 시간적 여유를 가져야 합니다. 여러 사람을 상대하고 관계를 유지하느라 바빴다면 불필요한 인간관계는 정리해야 사람 관계로 생기는 불필요한 일에 신경을 쓰지 않을 수 있습니다. 시간적인 여유가 있어야 자유로워집니다. 자식들 문제에 대해서도 알아서 잘할 것이라는 믿음을 가져 그 문제에서 자유로워져야 합니다. 소중한 시간인데 얽매이지 않은 채 여유롭고 자유로운 시간을 가져야 지금까지 살아온 것과는 다른 삶을 살 수 있습니다.

이젠 무엇보다도 '자기의 삶'을 살아야 합니다. 자기의 삶이란 자신이 진정으로 하고 싶은 일을 하면서 자신이 원하는 삶을 사는 것입니다. 사람은 여러 가지 이유 때문에 하고 싶은 것을 하지 못하고 원하는 직업을 갖지 못하면서 원하는 삶을 살지 못합니다. 부모님의 기대에 부응해야 되기 때문일 수도 있고, 사회적으로 좋은 평판을 얻기 위해서일 수도 있고, 돈벌이가 좋기 때문일 수도 있습니다. 보너스로 받은 삶을 새롭게 살아야 될 것이라 생각하면 이젠 자기가 원하는 삶을 살아야 합니다. 나의 의지가 아닌 다른 사람의 의지나, 사회·경제적 조건에 얽매여 자기가 원하는 삶은 한 번도 살아보지도 못한 채 눈을 감게 된다면 얼마나 억울하고 안타까운 일입니까.

아름다운 꽃이 항상 피어 있도록 정원을 가꾸면서 살고 싶은 사람도 있고, 자기만의 작업실을 마련하여 그림을 그리거나 글을 쓰고 싶은 사람도 있을 것입니다. 유명한 산을 오르거나 여행을 하고 싶은 사람도 있고, 아름다운 골프장을 다니면서 골프를 치고 싶은 사람도 있을 것입니다. 오랜 객지 생활에 시달려 시골로 내려가 황토집을 짓고 흙냄새를 맡으며 텃밭을 가꾸고 싶은 사람도 있고, 봉사 활동을 하면서 여생을 보내고 싶은 사람도 있을 것입니다. 덤으로 얻은 삶으로 생각하여 자기가 하고 싶고 원하는 삶을 살면 어떻게 살든 즐겁고 뜻있을 것입니다.

다만, 원하는 삶이 자기 분수를 넘는 탐욕적인 것이라면 근심과 걱정을 불러와 소중한 삶이 오히려 괴로워질 수 있습니다. 소박한 즐거움을 넘어 쾌락을 추구한다면 쾌락의 반대편에 있는 고통과 허무가 부메랑으로 되돌아올 것입니다.

일시적인 즐거움이나 만족보다는 오랜 평화를 가져올 수 있는 보람 있는 삶을 살아야 합니다. 병을 알기 전에는 은퇴하면 운동이나 여행을 실컷 하면서 즐기는 삶을 살려고 했습니다. 이번에 병을 발견하여 오랫동안 괴로운 항암 치료를 받으면서부터는 생각이 바뀌어 건강이 회복된다면 수행자와 같은 고요한 삶을 살아야겠다는 생각이 점점 커져가고 있습니다. 맑은 공기를 마시며 좋은 책을 읽고 명상하는 등으로 조용히 수행하면서 나날을 보내고 싶습니다. 건강이 회복되지는 않았지만 이렇게 글을 쓰면서 수행자 비슷한 삶을 살고 있으니 내가 바라는 보너스의 삶을 살고 있는 듯해 즐겁습니다.

그동안 살아온 삶에 아쉬운 것들이 많지만 그중에서 친절한 삶을 살지 못한 것이 가장 아쉽습니다. 보수적이고 권위주의적인 데다 무뚝뚝하면서 약간 냉정한 성격 때문에 사람들을 대할 때 무심하게 때로는 차갑게 대했습니다. 다른 사람보다 오히려 처나 자식 등 가까운 사람들에게 친절하고 따뜻하게 해주지 못했습니다. 친절한 삶을 살아보라고 이 보너스 삶을 주신 것으로 생각합니다. 그런 고마운 뜻을 받들어 남들에게 항상 밝게 웃으면서 친절을 베풀렵니다.

무언가 나쁜 일이 있을 때에는 그래도 이만하면 다행이라고 생각하고, 무언가 잃거나 빼앗긴 것이 있을 때에는 남아 있는 것을 생각하며, 남으로부터 재물의 손해를 보았을 때에는 재물의 손해만큼 덕을 쌓은 것이라고 생각하라고 했습니다. 중한 병이 찾아오더라도 얼마를 더 살지 몰라 안타까워하기보다는 이렇게 살아 있는 것이 다행이라고 생각하고, 새로운 인생을 살라고 보너스로 준 삶인 만큼 살고 싶은 대로 살기 바랍니다.

용서하기

순수한 자아에게 '내맡김' 하지 못하면 죄지은 자신을 한탄하고 후회하는 고통을 안고 살아가야 합니다. 순수한 자아로 자신을 용서한다는 것은 죄지은 자신을 온전히 '받아들임' 하는 것입니다. 순수한 자아로 죄지은 자신의 어깨를 감싸며 따뜻한 가슴으로 끌어안을 때 자신의 죄를 내려놓고 편안하게 쉴 수 있는 것입니다.

용서는 과거에 입었던 상처와 배반당한 고통을 마음에서 내보내는 일입니다. 우리가 무겁게 짊어지고 다니는 증오와 미움의 봇짐을 내려놓는 일이 용서입니다. 용서는 공격적인 마음을 멈추게 하고, 남을 해치려는 마음을 가라앉혀 주며, 다시 사랑의 마음을 갖게 해줍니다. 용서는 인간이 할 수 있는 가장 아름답고 용기 있는 덕목입니다.

자기 자식을 죽인 소년에 대해 용서할 수 없어 오랫동안 번민하던 어머니가 어느 날 범인이 궁금하여 교도소로 면회를 갔다가, 인간적인 동정심에서 용서하기로 하여 범인이 출소한 뒤에 자기 집으로 데려와 그를 아들로 삼고 사랑으로 교육을 시켜 훌륭한 사람으로 성장시켰다는 이야기를 오래전에 어떤 책에서 읽은 기억이 있습니다. 줄거리가 정확히는 기억나지 않지만 그때 받은 감동이 아직도 남아 있는 것은 용서가 인간의 가장 용기 있고 아름다운 행동이기 때문일 것입니다.

우리는 왜 용서해야 할까요? 과거의 배반과 고통에 대한 원한이나 원망 때문에 증오하고 미워하며 후회하는 일 자체가 또 다른 고통이기 때문입니다. 증오하고 앙갚음하려는 마음을 내려놓지 않고는 고통을 해결할 수 없기 때문입니다. 증오하고 보복하려는 생각의 힘은 고통을 준 사람에게 직접적인 피해나 고통을 주는 것이 아니어서 아무런 효과도 없습니다. 정작 고통이나 피해를 준 사람은 자기가 고통을 주었는지 알지도 못하거나 기억조차 못 할 수도 있습니다. 고통을 준 사람은 자기가 증오와 미움의 대상인 줄도 모르고 따뜻한 남쪽 나라의 해변에서 느긋하게 거닐며 휴가를 즐기고 있을지도 모릅니다. 이 세상에서 원한은 원한을 갚으려고 해서는 결코 사라지지 않고, 또 다른 원한을 낳습니다. 원한을 버릴 때만 사라집니다. 그러므로 용서해야 합니다.

'그는 나를 욕하고 상처 입혔다. 나를 이기고 내 것을 빼앗았다.'

이러한 생각을 품고 있으면 미움이 가라앉지 않는다.

'그는 나를 욕하고 상처 입혔다. 나를 이기고 내 것을 빼앗았다.'
이러한 생각을 품지 않으면 마침내 미움이 가라앉으리라.
　　─법구경

부당하게 물건을 빼앗기거나 신체적인 폭력을 당하거나 모욕을 받는 등 신체적·정신적 혹은 물질적 손해를 입어 피해 감정을 갖게 되면 미움과 원망이 생깁니다. 가까운 사람으로부터 사기를 당하여 모았던 재산을 잃게 되면 평생을 미움과 원망으로 살 수 있습니다. 청소년 시절에 당한 성폭력이 영원히 지워지지 않는 상처로 남을 수 있습니다. 다른 사람으로부터 들은 모욕적인 말 한마디로 밤새 잠못 이루고 원망할 수도 있습니다. 편법과 반칙으로 이긴 자에 대해 패배자는 반드시 앙갚음을 할 것이라 다짐합니다.

사람이 부당한 일을 겪으면 비탄과 분노를 느끼고, 그 결과에 대해서는 슬픔, 좌절, 고통이라는 상처를 안고 살아가는 긴 과정을 거칩니다. 그러한 긴 과정을 지나지 않고는 상처가 아물지 않으므로 용서의 마음이 쉽게 생길 수 없습니다. 자기 안의 고통을 억누르거나 모른 체하고 넘어가려는 것은 어설프게 상처를 치유하려는 것일 뿐 상처의 흔적을 없애는 진정한 용서가 될 수 없습니다. 배신감이나 좌절을 느낀다는 것도 인정하면서 천천히 용서하려는 노력을 해야 합니다. 지금 당장 분노를 내려놓을 준비가 되어 있지 않더라도 자책해서는 안 됩니다. 용서는 억지로 되는 게 아니니까 편안하게 조금씩 실천해나가야 합니다.

자기의 잘못이 없는지를 되돌아보고, 상대방에 대한 이해와 사랑을 가져야 원한과 원망을 떠나 용서의 마음을 가질 수 있습니다. 자기에게 아무런 잘못도 없는데 피해를 당하는 경우는 드뭅니다. 피해를 입은 데 대해 곰곰이 생각해보면 피해를 당한 자신에게도 잘못이 있다는 것을 뒤늦게 깨달을 수도 있습니다. 다른 사람에게 속았다면 너무 믿어 챙겨 보지 않은 잘못이 있을 수 있고, 내 욕심이 많아 이익에만 눈이 멀어 손실의 위험을 따져보지 못한 잘못이 있을 수 있습니다. 물건을 빼앗기거나 도둑맞았다면 물건을 너무 자랑하여 노출시켰거나 간수를 잘못한 실수가 있을 것입니다. 인격적 모욕을 당했다면 내가 먼저 상대에게 감정적 상처를 주었을 수도 있고, 평소의 처신이 잘못되었을 수도 있고, 너무 옹졸했을 수도 있습니다. 나의 잘못이 원인일 수 있다는 것을 생각하는 것만으로도 용서의 마음이 시작될 수 있을 것입니다.

용서하려는 따뜻한 마음으로 생각해보면 상대방에 대한 이해와 연민을 느낄 수 있습니다. 나와 절친했던 사람이 나에게 재산적 피해를 입혔다면 말 못 할 어려운 사정이 있을 수 있습니다. 원망을 안겨준 그 일에는 피해를 주었지만 다른 일에서는 나를 도와준 사람일지도 모르고, 그 사람 때문에 큰 득을 보았을 수도 있습니다. "죄는 미워해도 사람은 미워하지 말라"고 했습니다. 내가 완전한 사람이 아니어서 때로는 못된 생각을 하거나 죄짓는 생각을 할 수 있듯이, 나에게 잘못한 사람도 그 일이나 그 순간에는 나에게 피해를 주었을지라도 다른 때는 착하고 순한 생각을 하는 사람일 수 있습니다. 사람은 '항상 착하고 순한 것이 아니라 때로는 잘못된 생각을 할 수도 있는 존재'라는 것은 자신을 되돌아보면 알 수 있습니다. 피해를 준 그 사람이 지금쯤 미안한 마음으로 사죄하고 있을지도 모릅니다. 사람에 대한 이해와 사랑, 연민이 우리를 용서의 길로 인도할 것입니다.

내가 아는 어떤 암 환자분의 이야기입니다. 그분이 건강할 때 돈을 좀 벌자 절친한 친구가 찾아와 회사를 하나 인수하면 자기가 책임지고 경영해주겠다고 하여, 믿고 회사를 인수하여 몇 년 동안 친구에게 회사를 운영하게 했답니다. 그런데 그분이 암으로 입원하여 수술을 하고 치료가 길어지자 친구는 갑자기 회사 수입이 줄어들었다면서 이익금을 줄여서 주었답니다. 이상하게 생각해 아픈 몸으로 회사의 장부를 확보해 검토해보았더니 사업이 잘되어 종전보다 이익이 오히려 더 많이 났더라는 것입니다. 그 친구가 믿기지 않아 이전의 금전 거래도 확인해보니 속여서 돈을 받아 간 것도 있고, 회사 돈을 몰래 빼내 간 것도 있는 등 피해가 많은 것을 뒤늦게 알았다는 것입니다.

그분은 믿었던 절친한 친구가 죽음을 앞둔 어려운 때에 자신을 배신했다는 울분과 괴로움으로 지내게 되었는데, 그 때문인지 몰라도 암이 재발하기에 이르고 친구를 고소할 마음까지도 먹었답니다. 그러자 그분의 부인께서 화를 내려놓아야 병이 낫고 남은 삶이 편안해질 것이니, 용서하라고 간절히 설득하더랍니다. 부인의 남편을 살리기 위한 간곡한 요구로 친구를 용서하려고 했지만 한동안 용서가 되질 않아 용서하기 위해 이것저것을 생각해보았답니다.

그랬더니 친구를 너무 믿어 몇 년 동안 회사 운영에 대해 한 번도 묻지 않은 채 방임한 잘못으로 친구가 나쁜 생각을 했을 지도 모른다는 생각이 들고, 다른 사업보다 이득이 많은 것에 욕심을 내어 그 사업을 한 것도 잘못이라는 생각이 들더라는 것입니다. 경제적인 이해관계가 없을 때 그 친구가 여러 가지로 잘해주어 고마웠던 일도 있고, 회사의 업황이 좋아 회사 가치가 높아져 손해를 본 것보다 더 많은 이득을 남기고 회사를 팔 수도 있었으며, 그동안 그 회사의 수익금이 있어 직장을 갖지 않고도 걱정 없이 병을 치료할 수 있었던 것 등 그 친구에 대한 고마운 일들이 생각나더라는 것입니다. 그 친구가 원래 두루뭉수리하게 일 처리를 하여 계산 관계에 밝지 못하고, 또 갑작스럽게 경제적으로 어려운 일이 있었다는 것도 알게 되었답니다. 경제적 손실은 아쉽지만 용서하기 위해 그런 생각을 하니 차차 울분이 가라앉아 점점 그 일을 잊게 되어 용서가 되더라는 것입니다.

그분의 이야기를 듣고는 용서에는 시간이 걸리고, 자기의 잘못과 상대방에 대한 이해와 사랑이 필요하다는 것을 실감하게 되었습니다.

사람은 자기 자신에게 많은 잘못을 하므로 우선 자신으로부터 용서를 받아야 합니다. 과로나 과음으로 자신의 몸을 해하고,

불순하거나 아름답지 못한 생각으로 자신의 영혼을 더럽히기도 합니다. 그리고 탐욕과 질투, 시기로 다른 사람에게 수치와 모욕을 주고, 물질적인 피해를 입히기도 합니다. '사람이란 원래 완전하지 못하니 때로는 잘못을 할 수도 있지' 라면서 얼버무리거나 변명하려 해서는 안 됩니다. 자신의 몸과 영혼을 해하고, 다른 사람에게 피해를 준 자신에게 속죄하고, 진정으로 용서를 빌어야 합니다. 자신으로부터 용서를 받아 자기를 정화해야만 다른 사람을 용서할 수 있습니다. 자신은 용서받지 못한 죄인이면서 어떻게 다른 사람을 용서할 자격이 있겠습니까.

그러나 자기의 잘못을 자신으로부터 용서받는 것이 합당할까요? 자신이 자기의 잘못을 용서한다는 것은 자신을 변명하여 합리화하는 것에 불과하거나 속죄를 포기하는 것이 아닐까요?

절대자의 피조물인 인간은 원죄를 갖고 있다는 믿음에서는 인간이 스스로 자신의 죄를 용서한다는 것은 불완전한 용서입니다. 절대자만이 인간을 완전히 용서할 수 있습니다. 절대자로부터 용서를 받는 것이 완전한 용서를 받는 것입니다. 절대자로부터 용서를 받기 위해서는 자기 자신의 진정한 반성과 상대방에 대한 속죄가 전제되어야 합니다.

칸 영화제의 수상작인 〈밀양〉이라는 영화를 보면 주인공은 아들이 죽은 뒤 방황하다 교회에서 용서의 미덕을 배워 자신의 아들을 유괴하여 살해한 살인범을 용서하기로 합니다. 그러나 주인공이 교도소에서 살인범을 만나 용서한다는 말을 하기도 전에 살인범은 자신은 기독교에 귀의하여 하느님의 용서를 받아 진정으로 평화를 얻었다고 너무도 태연하게 주인공에게 말합니다. 주인공은 범인이 자신과 죽은 아들에게는 한 번도 용서를 빌지도 않은 채 하느님의 용서만으로 평화를 얻었다는 살인범을 보고, 회의를 느낍니다.

다른 사람에게 상처를 주었으면 우선 자신의 죄에 대해 진정으로 반성하고, 피해받은 사람으로부터 용서를 받기 위해 최선을 다해야지, 하느님으로부터만 용서를 받아 평온을 얻는다는 것은 잘못된 일입니다.

사람은 누구나 깊은 내면에 부처님과 예수님과 같은 품성을 가지고 살아가고 있다고 합니다. 그것은 모든 사람의 깊은 내면에 있는 '순수한 자아'라고 하는 것입니다. 자기 계발과 수행으로 자기에게 본래부터 있는 부처님, 예수님의 품성인 순수한 자아를 실현할 수 있다는 것입니다. 순수한 자아야말로 자신을 의지할 곳이므로 순수한 자아인 자신에게 용서받아야 합니다. 순수한 자아에게 '내맡김' 하여 자신의 죄를 내려놓는 것입니다. 순수한 자아에게 '내맡김' 하지 못하면 죄지은 자신을 한탄하고 후회하는 고통을 안고 살아가야 합니다. 순수한 자아로 자신을 용서한다는 것은 죄지은 자신을 온전히 '받아들임' 하는 것입니다. 순수한 자아로 죄지은 자신의 어깨를 감싸며 따뜻한 가슴으로 끌어안을 때 자신의 죄를 내려놓고 편안하게 쉴 수 있는 것입니다.

살아오면서 나 자신의 육체와 영혼에 대해 많은 잘못을 했습니다. 어려운 시험을 준비하면서 인내라는 이름으로 나의 몸과 정신을 혹사했습니다. 못 먹고 못 살던 것에 대해 보상이라도 받으려는 듯이 폭음하고 과식하여 몸을 망치게 했습니다. 돈에 대한 탐욕으로 무리하게 사건을 수임해서 몸과 정신을 지치게 했습니다. 내 몸에 이상을 느끼고도 건강검진을 태만히 했습니다. 출세의 욕망, 돈에 대한 집착, 쾌락의 탐닉 등 모두가 탐욕이라는 괴물 때문에 나에게 잘못을 한 것입니다. 그런 잘못을 후회하고 한탄해도 아무런 소용이 없습니다. 이제 모두 내려놓고, 이 잘못된 모두를 깊은 마음으로 감싸 안아 편히 쉬어야겠습니다.

살아오면서 완전하지 못한 인간으로서 때로는 의식적으로, 때로는 무의식적으로 다른 사람에게 많은 잘못을 했습니다. 작은 잘못도 있고 큰 잘못도 있었습니다. 그리고 다른 사람들로부터도 크고 작은 피해로 감정이 상하고 화가 난 일들이 있었습니다. 작은 잘못과 피해는 무수히 많아 기억할 수 없고, 큰 잘못과 피해는 여기서는 밝힐 수 없습니다. 천주교에서 고해성사를 할 때 '그 밖에 밝히지 않은 죄'에 대해서도 용서를 비는데 '그 밖에 밝히지 않은 죄'가 밝히는 죄보다 훨씬 크듯이 말입니다. 아시시의 성 프란체스코 기도문에서는 "용서함으로써 용서를 받는다"라고 했습니다. 먼저 자신이 피해 입은 것에 대해 용서를 함으로써 자신의 잘못도 용서되는 것을 알아야 합니다. 돌이켜보건대 짧지 않은 세월을 살아오면서 아직도 용서하지 못할 잘못을 당한 일이 없고, 용서받지 못할 잘못을 한 일이 없는 것 같아 다행입니다.

봉사의 기쁨

사람은 나이가 들고 머리가 희어진다고 하여 인생의 의미와
보람을 아는 지혜를 갖는 것이 아니라, 좋은 마음을 가지려고
노력하고 그 마음을 실천하려는 수행을 얼마나 하는지에 따라
봉사와 같은 인생의 의미와 보람을 느끼는 지혜로운 일을 하게
되는 것 같습니다.

주여!

나로 하여금 당신의 평화를 지키는

사도가 되게 하옵소서.

증오의 밭에는 사랑의 씨앗을 뿌리게 하옵시고,

무례한 자는 용서하게 하옵시며,

불신자(不信者)는 믿음에 들게 하옵시고,

절망의 밭에는 희망의 씨앗을 뿌리게 하옵시며,

어둠에는 빛이 되게 하옵시고,

슬픔에는 기쁨이 되게 하옵소서.

오! 내 운명의 주인이시여,

나의 아픔을 위로받기보다는

다른 사람들을 위로할 수 있게,

이해받기보다는 이해할 수 있게,

사랑받기보다는 사랑할 수 있게 하옵소서.

그리하여 우리는 줌으로써 받고,

용서함으로써 용서를 받으며,

자신을 죽임으로써 영원한 생명으로 태어납니다.
—성 프란체스코 기도문

2005년 명상에 관심을 갖게 되면서 명상 관련 책에서 영적인 정서를 불러오는 문장으로 소개되어 알게 된 기도문입니다. 그 이후 매일 명상의 첫머리에 천천히 위 기도문을 암송하면 이타적인 생각으로 마음이 편안해져 지금까지 하루 한 번 이상 암송했으니 천 번 이상을 되새긴 문장입니다. 위 기도문은 자기 자신의 다짐을 기도하는 내용으로 자신의 사사로운 편안함이나 즐거움은 버리고 다른 사람을 위해 하느님의 가르침을 실천해나가겠다는 결의일 것입니다. 자기를 버리고 다른 사람을 위해 살아가는 것은 사제로서 봉사의 삶을 살겠다는 것입니다.

인도 캘커타의 어려운 환경에서 봉사의 삶을 산 마더 테레사는 "어려운 상황에 처한 사람에게 자선의 손길을 베푸는 것보다 자신을 더 행복하게 만드는 것이 없다"라고 했고, 노벨 문학상을 수상한 인도의 시인 타고르는 "나는 삶이 봉사라는 것을 깨달았다. 나는 봉사했고 봉사하는 삶 속에 행복이 있음을 알게 되었다"라고 했으며, 아프리카에서 가난하고 병든 사람을 돌보는 데 일생을 바친 슈바이처는 "당신들 중 진정으로 행복한 사람은 어떻게 봉사할지를 찾고 발견한 사람입니다"라고 했다고 합니다.

그들의 말처럼 다른 사람들을 행복하게 하기 위해 노력하는 봉사는 자신의 욕망을 충족시키기 위해 노력을 기울이는 것과는 다른 더 큰 기쁨을 줍니다. 봉사가 마음의 부정적인 힘을 약화하고 긍정적인 힘을 강화하기 때문입니다. 사람은 재산과 시간 혹은 에너지를 나눌 때 '나'에 묶어놓은 탐욕과 질투, 상실에 대한 두려움 같은 무거운 사슬을 풀어놓음으로써 자유와 기쁨, 행복감을 얻는다는 것입니다. 하버드 대학에서 돈을 받고 일한 사람과 무료로 봉사한 사람의 행복의 정도를 비교한 조사에서도 돈을 받은 사람보다는 무료 봉사한 사람이 훨씬 행복도가 높았다는 것이 실증되었다고 합니다. 백

마디 말보다는 봉사를 실천해보면 알게 될 것입니다.

봉사하며 살아가기 위해서는 어떤 마음이 필요할까요?

사랑과 감사, 소아적(小我的)인 '나'에게서 벗어난 전체로서의 자기를 자각하는 마음이 있어야 합니다. 사랑은 다른 사람을 위해 자기를 희생하는 마음입니다. 자기를 위한 사랑은 이기적인 사랑이고, 다른 사람의 사랑을 바라면서 주는 사랑은 대가적 사랑이어서 진정한 사랑이 아닙니다. 그런 사랑의 감정으로는 자기희생인 봉사의 감정으로 연결될 수 없습니다. 조건 없이 타인을 사랑하는 것만이 진정한 사랑이고, 세상에 많은 선행이 있지만 진정한 선행은 '타인을 사랑하여 봉사하는 것'입니다.

감사는 자신이나 다른 사람, 환경에 대해 고마워하고 만족해하는 마음입니다. 못마땅해 비난하고 모자란다고 불평하는 마음으로는 봉사하며 살기 어렵습니다. 못마땅해하고 불만족스러워하는 마음은 우선 자기의 부족한 부분을 채우기에 급급해 주위를 둘러볼 여유가 없습니다. 그래서 누구에게 도움이 필요한지, 누가 도움을 원하는지 알지 못합니다. 사람은 감사하는 마음을 갖게 되면 그것에 대한 보답의 감정이 생겨 봉사하겠다는 마음을 갖게 되는 것입니다. 많이 갖거나 많이 배운 사람과 같이 주변의 혜택을 많이 받는다고 해서 감사를 느끼는 것이 아닙니다. 감사는 마음의 문제이므로 가난한 사람, 배우지 못한 사람들도 주위에 대한 감사로 봉사하는 것을 많이 볼 수 있습니다.

자신을 버릴 때 진정한 봉사가 됩니다. 자신을 버린다는 것은 자기를 잊어버리고 자기를 비우는 것입니다. 자기를 비울 때 그 어떤 것과도 대립하지 않는 전체인 자기를 알게 된다고 합니다. 이것이 있음으로써 저것이 있고, 이것이 생기므로 저것이 생긴다는 인연생기(因緣生氣)의 연기(緣起) 이론입니다. 세상 모든 사물은 상의성(相依性), 상관성(相關性)에 의하여 존재한다는 것입니다. 다른 사람이나 물건이 있음으로써 내가 있고, 다른 사람이나 물건이 변하면 인연생기에 의해 나도 변합니다. 본래의 '나'라는 것은 내 몸을 이루고 있는 세포조직이 아니라 다른 것과 상호 의존해 있으므로 전체가 본래의 '나'라는 것입니다. 많은 공부와 수행을 거쳐야 깨달을 수 있는 말로, 그 의미를 마음으로 완전히 이해할 수 있으면 생과 사를 초월할 수 있겠지만 지금은 머리로 이해하는 정도입니다. 그런 논리로 보면 타인의 불행이나 슬픔이 나와 관련 없는 것이 아닙니다. 다른 사람이 행복해지고 즐거워지는 것이 전체로서의 나의 행복이고 즐거움이므로, 다른 사람에 대한 봉사는 남을 위한 것이 아니라 본래의 '나'를 위한 것입니다.

봉사에 전념하는 성인이나 사제들과는 달리 보통 사람은 자신의 지속적인 생존, 가족들의 부양을 위해 경제활동을 해야 하고, 적당한 여가 생활도 해야 합니다. 그러므로 다른 사람을 위해 자신을 희생할 수 있는 시간은 거의 없거나 한정되어 있습니다. 경제활동을 한창 해야 할 시기에는 더욱 그렇습니다. 이러한 시기에는 많은 시간이나 노력이 필요한 봉사는 어려우므로 틈틈이 단발적인 일에 봉사의 시간을 가져야 할 것입니다. 나이가 들어 경제활동을 줄이거나 은퇴를 하게 되면 보통은 바쁜 시절에 즐기지 못했던 일을 하며 여생을 보내려고 하는데, 이러한 시기에 계획적이고 지속적인 봉사할 거리를 찾아 활동을 하면 여생이 훨씬 즐거울 것입니다. 그러므로 봉사의 의미를 알고 자신이 처한 환경에 알맞은 봉사 활동을 하면 됩니다. 주위에서 조그마한 일부터 찾아 봉사를 하다 보면 처음에는 쑥스럽게 느껴지지만 점차 익숙해지고, 봉사의 즐거움을 알게 되어 봉사의 양과 질이 향상될 것입니다.

얼마 전 나보다 열 살 정도 아래인 사람과 약속을 했는데 그 사람이 선약이 있는 걸 잊고 약속을 했다며 미안하다면서 약속을 미룬 적이 있습니다. 알고 보니 그날은 어느 종합병원 소아암 환자를 위해 봉사 활동을 하는 날이었습니다. 평소 모임의 총무를 맡아 궂은일을 하면서 항상 밝은 얼굴과 부드러운 말로 사람을 대할 수 있었던 것은 봉사의 좋은 심성을 가져 실천하는 사람이기 때문임을 새삼 느끼고, 나 자신을 돌아보게 되었습니다. 사람은 나이가 들고 머리가 희어진다고 하여 인생의 의미와 보람을 아는 지혜를 갖는 것이 아니라, 좋은 마음을 가지려고 노력하고 그 마음을 실천하려는 수행을 얼마나 하는지에 따라 봉사와 같은 인생의 의미와 보람을 느끼는 지혜로운 일을 하게 되는 것 같습니다.

지금껏 직장이나 모임에서 하는 불우 시설 청소, 무료 법률 상담 등 의례적인 봉사 활동에 피동적으로밖에 참석해보지 못했습니다. 돈을 벌기 위해 변호사 일을 하다 보니 돈을 우선으로 삼아 한 일이 많았고, 때로는 돈 때문에 부끄러운 일까지 했다는 것을 명상 수행을 하면서 뒤늦게 깨달았습니다. 그래서 병이 나아 다시 변호사 일을 할 수 있게 되면 돈을 벌기 위해서가 아니고 봉사하기 위해서 변호사로 활동할 것을 다짐하고, 어떤 방법으로 봉사해야 되겠다는 구체적인 계획도 나름대로 세워보았습니다. 병이 치료될 가능성이 없어 그런 생각을 실행에 옮기지 못하게 되었으니 이기적인 삶을 살다가 세상에 빛만 지고 떠나가게 될 것이 두렵습니다.

남은 삶이 길지 않고, 건강하지 못한 몸이지만 봉사할 수 있는 방법이 없을까. 지금 상황에 내가 할 수 있는 일은 전문 법률 지식을 필요로 하는 사람에게 나누어주는 것인데, 그 정도는 무료 법률 상담밖에 되지 않고, 나에게 법률적 자문을 구하는 사람이 있으면 성심성의로 이야기해주면 되는 정도라 봉사라고 할 수 있을지 모르겠습니다.

글을 쓰다 보니 글 쓰는 것 자체가 명상 수행이어서 감정이 정화되어 밝은 마음으로 생활할 수 있어 즐겁고, 죽음에 대한 두려움이 극복되면서 어떻게 살아야 할 것인지가 차츰 뚜렷해지는 듯합니다. 암이라는 고통이 축복이 되어 죽음 앞에서 삶에 대해 명상하고, 삶의 의미를 알게 된 것이 아닌가 하는 생각이 듭니다. 죽음으로 눈뜨게 된 삶의 의미를 쓴 글들을 모아 다른 분들에게 읽게 해 그분들 중 한 분이라도 위로를 받거나 삶에 의미에 대해 생각하는 계기가 된다면 큰 보람이고 봉사가 될 것이라 생각합니다.

책에서 읽은 좋은 생각들에 나의 생각을 보태어 생각을 정리해보겠다는 단순한 기분으로 글을 써오다가, 막상 그 글이 다른 사람에게 읽힌다고 생각하니 두려움과 걱정이 앞섭니다. 나의 능력으로 다루기 힘든 무거운 주제들에 대해 조잡한 생각을 함부로 적은 것은 아닐까, 많은 수행과 연구로 얻은 다른 분들의 생각이나 표현을 잘못 전달하거나 나를 위해 이용하는 것은 아닐까, 글로만 적고 실천하지 못하여 비난을 받지는 않을까, 충고하거나 가르치려는 오만한 자세는 없었는가 하는 두려움과 걱정입니다.

다른 분들에게 읽게 하는 방법은 여러 가지로 생각하고 있지만 가까운 사람들에게 글을 보내 어떤 방법이 좋을지를 의논해서 결정할 것입니다. 무언가를 남기고 죽겠다는 사사로운 욕심을 내지 않고, 어떤 명목으로도 경제적 이득을 보겠다는 마음 없이 글을 읽게 해주어야 봉사가 될 것입니다. 오로지 나 자신에게 명상이 되어 밝은 마음을 갖게 하고, 누군가에게 힘이 되거나 마음의 평화를 주고 삶을 생각하는 계기가 될 수 있도록 할 것입니다.

나누고 베풀기

나누고 베푼다는 것은 이기적인 탐욕과의 싸움에서 이겨야 실행할 수 있는 것인데, 탐욕과 싸워 욕망을 절제하는 것 자체가 하나의 수행입니다. 그러므로 역으로 나누고 베푸는 것을 욕망을 절제하는 하나의 수행으로 생각해야 됩니다.

나누고 베푸는 것은 자기가 가진 것을 다른 사람에게 주어 다른 사람에게 기쁨을 느끼게 하는 것이므로 큰 의미로 봉사의 한 방법이라고 할 수 있습니다. 그러므로 나누고 베푸는 마음도 사랑과 감사, 그리고 소아를 버린 전체로서의 '나'를 인식하는 것에서 나옵니다. 좁은 의미에서 봉사는 자신의 시간이나 노력을 남을 위해 희생하는 것이고, 나누고 베푸는 것은 소유한 재물 등 유형물을 다른 사람과 나누는 것이라 다른 면도 있으므로 생각해보겠습니다.

소유하려는 것은 사람의 본능적 욕망입니다. 피땀 흘려 일하고, 밤잠을 설치며 공부하고, 다른 사람과 치열하게 경쟁하면서 살아가는 것도 대부분 소유라는 재물욕을 충족하기 위한 것입니다. 재물의 힘이 점점 커져 만능화되어가는 요즘에는 돈을 많이 벌어 좋은 집에 살고, 좋은 차를 굴리는 등 외부에 나타나는 것으로 자존심을 세워 명예욕을 충족하고, 돈으로 이런저런 일을 시킬 수 있는 수족과 같은 부하를 만들어 권력욕도 충족할 수도 있습니다. 부(富)가 명예와 권력이 되니 돈이 만능인 세상이 된 듯합니다.

이러한 재물, 그것도 피땀 흘려 다른 사람과 치열하게 경쟁하여 모은 재물을 다른 사람에게 주는 것은 이기적인 사람에게는 자기 살을 떼어내는 것과 같은 아픔을 느낄 정도로 쉽게 용납되지 않는 일입니다. 다른 사람에게 재물을 나누어줌으로 재산이 감소됐을 때 다가올 상실감과 불안감도 극복하기 어렵습니다.

나누고 베푼다는 것은 이기적인 탐욕과의 싸움에서 이겨야 실행할 수 있는 것인데, 탐욕과 싸워 욕망을 절제하는 것 자체가 하나의 수행입니다. 그러므로 역으로 나누고 베푸는 것을 욕망을 절제하는 하나의 수행으로 생각해야 됩니다. 수행으로 도리와 지혜를 깨달은 자가 나누고 베푸는 덕목을 실행하는 것이 아니라, '나누고 베푸는 수행을 해나가면서 도리와 지혜를 아는 사람이 되어가는 것' 입니다. 이기적으로 탐욕스럽게 사는 것보다는 욕망을 절제하고 극복하여 나누고 베풀며 사는 것이 인생을 가치 있고 아름답게 한다는 것은 나누고 베풀기를 실천하는 수행으로 알 수 있습니다. 많은 기부자가 "나중에 보람으로 남는 것은 다른 사람을 위해 나누고 베푼 것"이라고 말하는 것은 인생에서 보람으로 남는 것은 남을 위해 산 것뿐이라는 것을 경험으로 이야기하는 것입니다.

가진 것이 모자라는 것이 부끄러운 일이 아니라 필요 이상으로 가져 나눌 것이 있으면서 베풀지 않는 것이 부끄러운 일입니다. 가진 것이 많아 넘쳐날 때만 나누고 베푸는 것이 아닙니다. 가진 것이 많고 적고를 떠나서 필요한 사람이 있다면 누구에게라도 베푸는 것이 중요합니다. 가진 자가 베푸는 것은 자기희생이 없거나 적은 것이지만 자기도 모자라면서 베푸는 것은 자기희생이 큰 것이므로 더 가치 있는 나눔과 베풂입니다.

나누고 베풀고 살면 마음이 편안해져 편안히 잠에 들어, 가볍게 깨어나며, 악몽을 꾸지 않는다고 합니다. 그리고 모든 사람, 모든 존재들의 아낌과 보호를 받는다고 합니다. 무엇보다 자신이 즐거워 얼굴 표정이 늘 평온하고, 죽음 앞에서도 마음이 흐트러지지 않는다고 합니다.

어떤 생각과 어떤 자세로 나누고 베풀어야 아름다운 것일까요?

　대가를 바라지 말아야 합니다. '줌으로써 받는다'는 것은 자기가 먼저 손해를 보고 베풀면 그로 인해 상대방으로부터 그 이상의 이득을 받는다는 것으로 훌륭한 삶의 지혜입니다. 그러나 삶의 덕목으로서 나누고 베푸는 데 있어서 그런 물질적인 대가를 바라서는 안 됩니다. 그런 대가를 바란다는 것은 거래와 다를 것이 없기 때문입니다. 나누고 베풀면 자기도 모르는 사이에 베푼 이상의 물질적인 대가가 생길 수도 있겠지만 더 큰 대가는 심리적인 기쁨이고 행복감입니다. '줌으로써 받는다'고 하는 것은 물질적인 대가를 받는 것을 의미하는 것이 아니라 줌으로 인한 심리적인 기쁨과 행복을 받는 것을 의미하는 것으로 해석해야 할 것입니다.

　자랑하려는 마음이 없어야 합니다. 큰돈을 기부하면서 자기 명의의 재단을 만드는 것도 좋고, 불우 이웃 돕기나 재해 구조 기금에 참가하면서 자기 이름을 밝히는 것도 좋습니다. 남을 돕기 위해 재물을 희생하는 것만으로 장한 일이니까요. 그렇지만 익명의 기부가 더욱 아름답게 보이는 것은 자랑하거나 칭찬받으려는 마음을 찾아볼 수 없기 때문입니다. 자기를 앞세우면서 하는 것보다 자기를 감추고 자신도 모르는 사이에 하는 것이 진정한 선행이고 기쁨입니다.

아까워하거나 후회해서는 안 됩니다. 아까워하거나 후회하는 마음이 남아 있는 것은 진정으로 나누고 베푸는 마음이 되지 못한 것입니다. 욕망이 완전히 절제되거나 극복되지 않은 상태에서 하는 것이므로 나누고 베푼 뒤 오히려 고통스러울 수가 있습니다. 어느 것을 줄까 고르고, 어느 정도의 금액을 줄까를 결정할 때 결정이 쉽지 않고 갈등도 느낄 것입니다. 그러나 일단 결정했으면 과감히 실행하고 자신의 결정과 행동이 옳은 것이라고 생각해야지, 아까워하거나 후회해서는 안 됩니다. 그런 마음이 있으면 부지불식간에 상대방도 그 감정을 알게 되어 고마워하기보다 부끄러워할 수 있어 선행을 한다는 것이 상대방으로 하여금 수치심을 갖게 하는 죄를 짓는 것이 됩니다.

준다고 우월감을 갖거나, 받는다고 상대를 깔보아서도 안 됩니다. 내가 상대보다 인격적으로 잘나서 주는 것이 아니고, 상대가 나보다 못나서 받는 것이 아닙니다. 재물이라는 것은 인품의 됨됨이에 따라 주어지는 것이 아닙니다. 부모를 잘 만나고 운이 좋아서 많이 가질 수 있고, 그렇지 못해 못 가질 수도 있으며, 세상을 살다 보면 도움을 줄 때도 있고 받을 때도 있습니다. 상대방을 깔보는 마음이 있으면 상대방에 대해 모욕적인 말도 나오기 쉽습니다. 나누고 베풀면서 상대방에게 "게으름 부리지 마라", "얻어먹는 것이 미안하지 않느냐" 등의 말을 하는 것은 그 사람에게 상처를 주는 일입니다. 나누고 베푸는 것도 중요하지만 그럴 때의 자세 역시 중요합니다.

누구에게 나누고 베풀어야 할까요? 도움이 필요한 사람이라면 누구에게라도 나누고 베풀어야 합니다. 상대방의 지위가 높은가 낮은가, 은혜를 아는 사람인가 모르는 사람인가, 평소 행실이 좋은가 나쁜가를 따져서는 안 됩니다. 그렇게 되면 자기의 편견에 따라 나눌 수 있기 때문입니다. 도움이 필요한 사람을 일부러 멀리서 찾을 필요는 없습니다. 이웃이나 친지, 직장 동료 등 가까운 사람 중에 도움이 필요한 사람이 있으면 먼저 도와야 합니다.

나누고 베풀지 않는 것이 인색함입니다. 검소한 것은 인색한 것과는 다릅니다. 검소한 것은 자신에 대해 절제하고 엄격한 것이지만, 인색한 것은 다른 사람에게 베풀지 않는 것입니다.

게으름은 부지런한 사람에 대해 죄를 짓는 것이듯, 인색함은 나누고 베푸는 데 대한 죄입니다. 사람이 비난받는 경우는 부도덕한 일을 한 때와 인색한 때라 하는데 인색한 것은 부도덕한 것과 같기 때문입니다. 그런 의미에서 나는 죄인입니다. 조그마한 성금이나 헌금은 내지만 내가 아까울 정도의 돈을 들여 나누거나 베풀지 못했습니다. 피땀 흘려 번 돈이라서, 너무 가난하게 자라, 돈이 없어지는 것이 불안하여, 아픈 몸이라 치료비가 많이 들어서, 앞으로 돈을 벌 기회가 없어서 등등 변명은 많지만 근본적으로 돈에 대한 집착과 욕심 때문입니다. 나누고 베푸는 덕목을 실행할 수 있는 것이 욕망을 극복하는 진정한 수행의 길로 알고 실천하도록 노력하겠습니다.

인색한 사람은 언제나 호주머니의 돈을 세고 있는 것 같고, 다른 사람에게 빼앗기지 않을까 불안한 듯 얼굴이 긴장되어 있고, 주위에는 사람이 없습니다. 베풀고 사는 사람으로 학교 동창회장 한 분이 생각납니다. 그분은 동창이나 고향 사람 등 주위 사람에게 항상 베풀면서 사시는 분입니다. 그분은 언제나 밝고 환하게 웃는 얼굴을 하고, 아무런 불안 없이 자신 있게 동년배의 누구보다 건강하게 살고 계십니다. 주위 사람들은 그분으로부터 도움을 받았든 받지 않았든 관계없이 모두 우호적이고 고마워합니다. 그분에게 무슨 일이 있으면 모두들 걱정하며 도와주려고 하고, 진정으로 잘되길 바랍니다. 나누고 베풀며 사는 것이 자기 복덕을 지으면서 사는 것이기 때문일 것입니다.

언제나 베푸는 마음으로 살아가는 사람은 세상 모든 것을 소유하며 살아간다고 합니다. 이런 사람은 남에게 베풀고 자신은 당장 필요한 물건만 있으니 가난해 보일 수도 있지만, 그런 사람에게 정말 필요한 것이 있다면 어디에선가 생기게 되어 있다고 합니다. 남 주자니 아깝고 내게는 필요하지 않은 물건이 없는지를 살펴보아 필요하지 않은 것은 베풀어야 합니다.

육체의 정화 _ 음식

자신을 잘못 관리하여 중병에 걸려 있는 사람이 건강관리에
대해 글을 쓰려고 하니 부끄럽고 아이러니한 생각이 듭니다.
하지만 지금의 체력을 유지하면서 이렇게 글을 쓸 수 있는 것
은 나름대로 남보다 열심히 건강관리를 해왔고, 나의 건강관리
방법이 옳았던 덕분이라 생각하여 글을 쓰는 것입니다.

"건강한 신체에 건전한 정신이 깃든다"라는 말이
있지요. 불건전한 정신을 갖고 신체만 건강하다면 건강한 신
체로 건전하지 못한 일을 하거나 심지어 범죄에도 건강한 신
체가 이용될 수 있습니다. 그런 사람에게는 건강한 신체가 자
신을 타락시키고 다른 사람에게 피해를 줄 수 있어 육체적 건
강이 '악' 입니다. 건전한 정신을 가지고 있더라도 건강에 이상
이 생기면 불안과 고통에 휩싸이는 부정적 상황으로 변하므로
영혼을 고양하기 위해 마음을 닦으려는 사람에게는 건강한 신
체가 전제되어야 합니다. '육체의 정화' 라는 것은 건전하고 맑
은 영혼을 갖기 위해 몸을 어떻게 관리하여 건강을 유지할 것

인가 하는 것입니다. '육체의 정화'는 단순히 오래 살기 위한 것이 아니라 영혼을 정화하여 맑은 마음으로 살기 위한 것이어서 육체의 정화에 대해 생각해봅니다.

복부를 절개하여 간과 대장의 일부를 절제하는 두 번의 큰 수술을 받았습니다. 2차에 걸쳐 스물네 번의 모진 항암 치료를 받으면서 몸에 있는 털이라는 건 거의 다 빠지고, 기력이 떨어진 상태에서 피부 발진과 구토 등 온갖 부작용을 겪었고, 지금도 계속되는 부작용으로 손발의 말초신경이 마비되어 감각 이상의 고통을 받고 있습니다. 그 외에도 고주파 시술, 방사선 치료 및 검사 등 암 환자가 받아야 될 온갖 치료와 검사를 받아내고 있습니다. 말기 암 환자로 3년 가까이 온갖 치료를 받았으니 온몸이 만신창이가 되어 체력이 바닥나고, 외모도 병색이 완연해야 할 것입니다.

그렇지만 아직도 건강할 때의 체력에 뒤지지 않고, 외모에서도 병색을 발견하기 힘들어 병원에서조차 오래 투병한 사람 같지 않다고 합니다. 나를 걱정하다가 오랜만에 만난 분들은 건강한 외모를 보고 병이 나은 것으로 오해할 정도입니다. 말기 암 환자라고 하면서 하루 종일 일을 하거나 몇 시간을 걸어도 크게 지친 기분이 들지 않는 것이 나 자신도 이상하다는 생각이 듭니다. 자신을 잘못 관리하여 중병에 걸려 있는 사람이 건강관리에 대해 글을 쓰려고 하니 부끄럽고 아이러니한 생각이 듭니다. 하지만 지금의 체력을 유지하면서 이렇게 글을 쓸 수 있는 것은 나름대로 남보다 열심히 건강관리를 해왔고, 나의 건강관리 방법이 옳았던 덕분이라 생각하여 글을 쓰는 것입니다.

'육체의 정화', 즉 건강의 유지·관리를 위한 것에는 두 가지로 나누어 생각할 수 있습니다. 어떤 음식을 어떻게 먹을 것인가 하는 음식물에 관한 부분이고, 다른 한 부분은 운동과 휴식에 의한 체력 유지에 관련된 부분입니다.

먼저 음식물에 관련된 부분에 대해 생각해봅니다.

될 수 있는 한 집에서 해주는 밥을 먹어야 합니다. 이번 투병 생활을 시작한 이후에는 종일 사무실에서 근무하는 날도 중간에 집으로 와 점심 식사를 할 정도로 거의 집에서 마련한 음식으로만 식사를 했습니다. 집에서 준비한 음식이라고 해도 설탕 등을 사용한 단 음식과 육류를 뺀 정도이지 특별한 음식이 아니었습니다. 오랜 기간 동안 집에서 마련한 음식으로 식사를 하다 보니, 고혈압으로 장기간 혈압약을 먹어왔는데 어느 때부턴가 혈압 약을 먹지 않았는데도 정상 혈압이 유지될 정도로 몸이 좋아졌습니다.

너무 오랜 기간 동안 집을 떠나 혼자 생활을 해서 집에서 해주는 밥을 먹지 못했습니다. 검사 생활을 하는 동안 1~2년에 한 번씩 인사이동이 있어 반 이상을 지방에서 근무했습니다. 아이들이 초등학교에 입학한 뒤로는 이사를 가기 곤란하여 혼자 지방으로 가 생활했습니다. 연고가 있는 지방에 개업을 하다 보니 아이들 교육 문제 등으로 서울에서 생활해야만 하는 가족들과는 계속 떨어져 있을 수밖에 없었습니다. 그렇게 공직에서 퇴직한 뒤로도 몇 년 동안을 혼자 살면서 식사를 해결했습니다. 혼자 생활하면서 때로는 내가 원해서, 때로는 어쩔 수 없이 과음을 한 채 아무도 없는 집에 한밤중에 들어와 잠을 자고, 술이 덜 깬 채 피곤한 몸을 이끌고 출근해 일을 했습니다. 그런 생활이 계속되어서인지 혈압이 정상보다 높아졌고, 불규칙한 식사와 술 등으로 대장도 고통을 받았을 것입니다.

집에서 해주는 밥이 외식보다 왜 좋을까요? 음식점 음식은 맛을 내기 위해 인공 조미료를 많이 사용하고, 짜게 만들다 보니 과식하기 쉬운 등으로 병의 원인이 될 수 있습니다. 음식 재료의 차이는 건강에 영향을 크게 미칠 것이 당연합니다. 음식점에서는 적은 비용으로 음식을 장만하여 이득을 내야 하니 신선하지 못한 재료를 사용할 수 있고, 농약 등 유해 물질을 사용하여 재배한 값싼 재료를 사용할 수도 있습니다. 계속해서 그런 재료로 만든 음식을 먹다 보면 건강에 문제가 생길 수 있습니다. 집에서는 고른 영양 섭취를 위한 식단으로 식사를 마련하지만 음식점에서는 그렇게 할 수가 없습니다. 무엇보다 중요한 것은 정성의 문제입니다. 가족의 건강을 생각한 정성이 담긴 음식과, 어떻게 하면 적은 비용을 들여 이득을 많이 남길 것인가를 생각하며 만든 음식은 차이가 나지 않을 수 없습니다. 집에서 먹는 밥은 그렇지 않은데 외식을 하면 얼마 지나지 않아 배가 허한 것을 느끼는 이유가 무엇일까요? 하루 이틀이 아니라 수십 년을 집에서 해주는 밥을 먹어온 사람과 음식점에서 만든 음식을 먹어온 사람의 건강에 차이가 나지 않는 것이 이상할 것입니다.

섬유질이 많이 함유된 거친 음식을 먹어야 합니다. 밥을 만드는 쌀이나 빵의 재료인 밀은 곡물입니다. 곡물은 씨앗으로서 발아하기 위한 영양분이 집적되어 있는 것이어서 영양분 덩어리로 보아야 합니다. 인류가 영양분 덩어리인 곡물을 먹고 살기 시작한 것은 얼마나 되었을까요? 사람이 벼나 밀을 재배하여 농사를 지어 곡물을 주식으로 하여 먹고 살아온 것은 아무리 길어봐야 만 년을 넘지 않습니다. 인류의 탄생 및 인류로 진화되기 이전인 수백만 년 이상을 곡물은 거의 섭취하지 않은 채 주로 거친 식물을 먹으면서 생존해왔습니다. 그러다 보니 사람의 소화기관은 섬유질이 많은 음식물의 섭취를 통해 영양분을 서서히 조금씩 흡수하는 것에 적합하고, 영양분의 집적체인 곡물을 통해 일시적으로 많은 양의 영양분을 흡수하는 것에는 적합하지 않은 것 같습니다. 현재의 인간이 우주인이 먹는 우주 음식을 장기간 복용하면 탈이 날 것은 당연한 일입니다. 곡물을 통한 일시적 영양분의 과다 섭취는 인슐린 분비의 부작용으로 당뇨병을 일으키거나 악화시키고, 비만과 고혈압 등 여러 성인병의 원인이 되는 것입니다.

섬유질이 많이 함유된 음식물은 영양분이 집적되어 있지 않으므로 영양분이 조금씩 서서히 섭취되게 하고, 섬유질로 인해 쉽게 포만감에 이르게 해 과식하지 않게 합니다. 섬유질이 많이 포함된 거친 음식에는 각종 비타민과 미네랄이 함유되어 있어 고른 영양 섭취에도 도움을 줍니다. 섬유질이 많은 음식을 먹어야 되는 중요한 이유는 섬유질은 잘 소화되지 않아 대장을 통해 배설될 때까지 내장 속의 각종 찌꺼기를 함께 배설시켜 쾌변을 볼 수 있게 하기 때문입니다. 내장 속의 찌꺼기를 제거하는 것은 내장 속에 유해 물질이 오래 머물지 않게 함으로써 대장암 등 소화기 암을 예방할 수 있게 합니다. 예로부터 "잘 먹고, 잘 자고, 잘 싸면 건강에는 이상이 없다"라고 했는데 섬유질이 많은 음식물의 섭취는 쾌변의 필수 조건입니다.

소식(小食)의 중요성은 아무리 강조해도 지나치지 않습니다. 옛날부터 소식다동(小食多動)을 첫 번째 장수 비결로 쳤습니다. 적게 먹음으로써 비만을 막을 수 있어 성인병이 예방되고, 소화기에 부담을 주지 않을 뿐만 아니라 체중이 적게 나가 신체의 여러 기능에도 과부하가 걸리는 일이 없기 때문일 것입니다. 소식하면 졸리거나 정신이 흐려지지 않아 맑은 정신을 유지하는 데도 도움이 됩니다. 암 환자도 소식해야 암세포의 성장 속도를 늦출 수 있다는 이론도 있습니다. "속이 빈 학(鶴)이 천 년을 산다"라는 말은 적게 먹어야 오랫동안 건강하게 산다는 표본으로 이야기하는 것입니다.

살을 빼기 위해 다이어트를 해보면 먹는 것이 사람의 본능적 욕구여서 그 욕구를 계속 절제한다는 것이 정말 어렵다는 것을 알 수 있습니다. 사람은 먹고, 자고, 배설하는 육체적 본능을 추구해야 생존과 종족 보존이 가능하겠지만, 육체적 본능은 절제하는 것이 건강에는 좋습니다. 육체적 본능에 따른 욕구를 충족하기 위해 사는 것은 탐욕의 삶으로, 과하면 추잡스럽게 보이고 여러 정신적·육체적인 폐해를 가져옵니다. 육체적 본능을 절제하면서 살아가는 것이 정신과 육체를 오히려 살찌우는 길입니다.

그럼 어느 정도 먹는 것이 소식하는 것일까요? 식사를 할 때 조금 부족하다, 조금 모자란다 하는 정도로만 먹어야 됩니다. 적당량으로 차려주는 음식이라도 조금 남겨야 합니다. 맛있는 음식일수록 조금 더 먹고 싶지만 그런 욕구를 억제하고 수저를 내려놓아야 합니다. 음식을 먹고 졸릴 정도로 먹어서는 안 됩니다. 음식을 먹고 졸려 정신을 흐려지게 하는 것은 미련한 일입니다.

어떻게 하면 과식을 막을 수 있을까요? 섬유질이 많은 음식을 먹어야 포만감도 빨리 생기고 소화 속도도 느려 과식이 방지됩니다. 많이 씹어 먹어야 과식을 막을 수 있습니다. 포만감은 서서히 오는 것이므로 천천히 씹어 먹어야 적당한 상태에서 포만감을 느낄 수 있습니다. 음식을 빨리 먹으면 포만감이 왔을 때는 이미 과식한 상태입니다. 술과 함께 음식을 먹으면 과식하기 쉽습니다. 술 자체가 식욕을 돋우고, 과음하면 식욕의 본능이 절제되지 않기 때문입니다. 적게 먹거나 잘 먹지 못한 데 대한 보상 심리를 극복해야 합니다. 한 끼를 굶거나 너무 적게 먹다 보면 먹지 못한 양만큼은 더 먹어야 된다는 잠재적 본능이 생겨나고, 적게 먹어 체중이 줄면 이제 덜 먹지 않아도 된다는 생각에다 몸 자체가 원상회복 본능이 있어 보상 심리로 음식을 더 먹게 되는데, 이를 극복해야 합니다. 적게 먹는 것은 처음에는 어렵지만 몇 달만 계속하면 위가 줄어들어 적게 먹는 게 익숙해지고, 많이 먹으면 위에 금방 부담을 느껴 과식하지 않게 되니 습관으로 정착시키는 것이 중요합니다. 반면에 과식하는 습관은 적게 먹는 습관보다도 훨씬 쉽게 몸에 익으니 주의해야 합니다.

음식에 대한 정보의 홍수 시대입니다. 나 같은 소화기 계통 암 환자는 마치 음식을 잘못 먹어 발병하고 암이 재발한다고 생각하기 쉽습니다. 그래서 집사람은 음식에 대해 예민하게 생각하여 집사람이 없는 자리에서 나 혼자 밖에서 음식을 먹는 것을 탐탁하지 않게 여깁니다. 튀긴 음식, 동물성 지방이 많이 함유된 음식, 단 음식, 짠 음식 등 좋지 않다는 음식은 피하고 굳이 먹을 이유는 없습니다. 그렇지만 모든 음식을 몸에 좋을지 나쁠지를 따지면서 먹어서는 안 됩니다. 어떤 음식이든 기분 좋게, 맛있게, 감사하며 먹으면 될 것입니다. 소박하게 사는 것이 삶의 여유를 주는 것처럼, 맛있고 기름진 음식보다 소박하게 먹는 것이 좋을 것입니다.

육체의 정화 _ 체력

국선도를 알게 된 것이 행운이고, '노년을 위한 큰 선물'로 생각되어 다른 사람에게 내 인생에 가장 잘한 것이 담배를 끊은 것과 국선도를 하게 된 것이라고 국선도를 선전하면서 권해 보았습니다. 저의 권유로 국선도를 시작한 사람들은 진심으로 고맙다고 선물까지 건네며 인사를 하는데 대부분의 사람들은 건성으로 들어 고개만 끄떡이고 실천하지 않아 안타깝습니다.

밝고 편안한 마음을 유지하기 위해서는 몸이 좋은 상태에 있어야 합니다. 몸이 피곤하거나 아프면 조그만 불편에도 쉽게 짜증이 나 밝고 좋은 감정이 생길 수 없습니다. 평소에 긍정적 감정을 가진 수행한 사람도 좋지 않은 컨디션에서는 그런 감정을 실천하기가 어렵습니다. 몸을 좋은 상태로 유지하는 것이 밝고 편안한 마음을 갖게 하는 전제 조건인 것입니다.

몸을 좋은 상태로 유지하기 위해서는 우선 체력이 좋아야 합니다. 좋은 체력을 위해서는 운동과 휴식(잠)이 필요하고, 운동과 휴식을 어떻게 조화시킬 것인가가 중요합니다.

체력의 삼대 요소는 근력(筋力), 지구력(持久力), 유연성(柔軟性)이라고 합니다. 유연성은 체력과 관계가 없는 것으로 생각하기 쉬우나 유연성이야말로 순발력을 높이고, 몸을 부드럽게 하여 부상을 방지하며, 지구력도 높이는 것으로 체력의 삼대 요소 중 가장 중요한 요소라고 합니다. 나이가 들어 노화가 진행되는 과정에서는 체력의 어떤 요소에 더 중점을 두어야 할까요?

근력은 근육의 힘을 키우는 운동으로 강화할 수 있지만 나이가 들어 근력을 강화하는 운동을 하면 노화된 근육을 손상시킬 수도 있고, 오히려 몸을 피곤하게 할 수 있습니다. 근력 자체는 몸의 컨디션과 큰 관련도 없어 감정에 미치는 영향도 미미합니다. 일상생활에서 근력 강화를 위해 별도로 운동을 하지 않아도 생활의 필요대로 몸을 움직이면 살아가는 데 필요한 근력은 유지된다고 합니다. 그러므로 나이가 들어서는 근력을 강화하기 위해 일부러 근육운동을 할 필요는 없다고 생각합니다.

지구력이야말로 육체적인 일이건 정신적인 일이건 오랜 시간 일을 해도 피로를 느끼지 않고 좋은 컨디션을 유지하게 하는 것이므로 지구력의 향상, 유지는 중요한 일입니다. 지구력을 유지하기 위해서는 그야말로 꾸준하게 운동을 해야 하는

데, 나이 들어 어떤 운동이 지구력 유지에 도움이 될까요? 나이 들어서는 서서히 움직여 에너지 소비가 천천히 되는 운동을 상당 시간 해야 지구력이 향상됩니다. 단시간에 에너지 소비가 많은 운동을 하면 일시적으로는 땀을 배출하는 등으로 기분이 상승될 수 있지만 쉽게 피로해져 오히려 몸의 컨디션이 나빠질 수 있고, 노화된 근육이 따라가지 못해 부상의 위험도 있습니다. 일시적으로 심폐를 자극하는 정도의 운동으로 하는 것은 괜찮을 것입니다.

나이 들거나 몸이 아픈 사람에게는 걷는 것이 지구력 향상에 가장 좋은 운동인 것 같습니다. 매일 한 시간 정도 걷는다면 따로 다른 운동이 필요하지 않습니다. 몸이 정상일 때는 잘 몰랐는데 복부를 절개하는 수술을 한 후 걸어보니 걷는 것 자체로도 많은 신체의 근육을 움직인다는 것을 알 수 있었습니다. 걸을 때 복부 근육도 생각보다 많이 움직여 복부 통증이 심했고, 특히 한 걸음 움직일 때마다 자동적으로 장운동이 되는 것을 느낄 수 있었습니다. 수술 후 걸을 때 상체를 정상적으로 움직이지 못할 정도인 것을 보면 상체운동도 되는 것 같습니다. 걷는 것이 만병통치의 길이고, 신체의 많은 근육을 강화하는 길입니다.

하루 종일 지구력을 유지시켜 좋은 컨디션을 유지하기 위해서 아침 운동을 신경 써서 해야 합니다. 나이가 들면 아침잠이 없어져 일찍 일어나다 보면 습관적으로 아침 운동을 하게 될 수 있습니다. 그러나 아침 운동을 심하게 하면 아침에 체력을 소진하여 하루 종일 노곤한 상태로 컨디션을 떨어뜨려 낮 시간의 지구력을 약화시킬 것입니다. 아침 운동 후 사우나를 하여 땀을 빼는 것은 기력을 뺏는 일입니다. 아침에는 공기 중 나쁜 물질이 지표면에 내려오므로 가급적 야외 운동은 하지 말아야 합니다. 추운 겨울에는 혈관의 수축이 제대로 되지 않아 아침 운동이 뇌졸중 등 심혈관 계통에 문제를 야기할 수 있다고 합니다.

나이가 들수록 가장 필요한 운동은 유연성을 강화, 유지시키는 운동입니다. 나이가 들면 근력이나 지구력보다 먼저 둔화되는 것이 몸의 유연성입니다. 유년기나 청년기 시절에는 별다른 운동을 하지 않아도 몸이 유연하기 때문에 유연성이 없어 문제가 되는 일은 적습니다. 그러나 40대 이후에는 유연성이 약해져 민첩성이 떨어지고, 근육의 부상 위험도 높아지고, 근력도 떨어집니다. 유연성을 높이기 위해서는 스트레칭, 요가 등 근육이 길게 늘어나는 운동을 지속적으로 해야 합니다.

젊은 시절부터 왜 그리 몸이 뻣뻣하냐고 할 정도로 몸이 유연하지 못해서인지 운동신경도 남보다 뒤떨어지고, 구기 운동을 많이 했지만 기량이 발전되지 않았습니다. 1999년 40대 중반에 단전호흡의 일종인 '국선도'라는 것을 배우게 되었습니다. 국선도 한 번 하는 데 소요되는 전체 시간은 1시간 10분 정도인데 먼저 단전호흡의 준비로 30분 정도 여러 형태의 스트레칭을 합니다. 그 뒤 20분 정도 스트레칭을 하면서 정신을 호흡에 집중하는 단전호흡을 하고, 또다시 20분 정도 마무리 운동으로 스트레칭을 합니다. 단전호흡 자체도 호흡에 정신을 집중하여 정신을 맑게 해주는 명상이 되어 좋지만 단전호흡을 할 때는 물론이고, 호흡 전후 계속하여 몸을 비틀어 여러 형태의 스트레칭을 하니 몸이 유연해질 수밖에 없습니다. 처음에는 잘 뻗어지지 않고 구부러지지 않던 팔다리와 허리도 국선도를 계속하면서 어느새 유연해지는 것을 느꼈고, 몸이 유연해지니 지구력도 좋아졌습니다.

국선도를 알고 나서 계속 수련하다 보니 몸이 정말 좋아져 10년 가까이 국선도를 해오게 되었습니다. 국선도를 알게 된 것이 행운이고, '노년을 위한 큰 선물'로 생각되어 다른 사람에게 내 인생에 가장 잘한 것이 담배를 끊은 것과 국선도를 하게 된 것이라고 국선도를 선전하면서 권해보았습니다. 저의 권유로 국선도를 시작한 사람들은 진심으로 고맙다고 선물까지 건네며 인사를 하는데 대부분의 사람들은 건성으로 들어 고개만 끄떡이고 실천하지 않아 안타깝습니다.

육체노동, 특히 자연 속에서 흙을 밟으면서 노동을 하는 것이 인위적으로 운동을 하는 것보다 훨씬 낫습니다. 맑은 공기 속에서 근육을 움직이며 자연과 대화하면서 아무런 갈등 없이 노동을 하다 보면 맑은 피로감이 느껴집니다. 그 상태로 푹 잠들었다 깨어나면 정신적·육체적인 긴장은 어느새 흔적도 없이 사라집니다. 잿빛 도시의 하늘 아래에서 아스팔트와 시멘트를 밟으면서 하루 종일 컴퓨터를 마주하고 책상에 앉아 끊임없이 머리를 쓰는 것이 현대인의 생활입니다. 하루 종일 정신노동을 하는 현대인에게는 운동이 필수이고, 어느 한 가지 운동은 틀림없이 매일 해야 건강을 유지할 수 있습니다.

학창 시절에는 운동 신경이 나빠 잘하지는 못했지만 축구와 배구, 농구, 심지어 야구까지 하여 주로 단체 구기 운동을 많이 했습니다. 단체 구기 운동이 좋은 것은 단결과 협동심, 양보와 배려의 좋은 덕목을 부지불식간에 몸에 배게 하고, 규칙을 지키는 습관을 길러주어 준법정신을 앙양해 양심적으로 살아가게 해준다는 것입니다. 구기 운동에 필수적으로 따르는 것이 승패입니다. 승리의 기쁨은 패배한 사람의 슬픔과 아픔을 먹이로 하는 것입니다. 나이 들어 골프를 하면서 한때 승패에 집착하여 결과에 따라 기분이 좌우된 일이 많았습니다. 승패에 집착하는 것은 이겼다 하더라도 진정한 기쁨을 주는 것이 못 됩니다. 승패를 초월하여 즐기는 운동을 하는 것이 진정한 기쁨을 맛보는 길입니다. 그러므로 승패가 없는 운동을 하는 것이 좋습니다. 한때 아는 선배를 따라 열심히 스키를 하기도 했는데 지금같이 팔다리의 말초신경이 마비된 상태에서는 할 수 없어 아쉽습니다. 걷기나 등산, 요즘 유행하는 자전거 타기야말로 승패가 없고, 기량이 다른 사람과 비교되지도 않는 것이고, 유유자적하면서 주위를 둘러보고 나를 생각할 수 있는 좋은 운동입니다.

신체의 좋은 컨디션을 유지하기 위해서는 운동 못지않게 휴식이 중요합니다. 운동과 휴식이 적절히 조화되어야 됩니다. 과로한 운동이 심신을 피로하게 하고, 피로가 축적되어 병이 될 수 있듯이 과다한 휴식은 정신적으로 불안하게 하고, 활동량을 줄여 숙면을 방해할 수도 있고, 살이 찌는 원인이 되기도 합니다. 운동과 휴식을 적절히 조화하여 '날마다 최고의 컨디션을 유지하는 것을 자기 자신에 대한 가장 큰 책무'로 생각해야 합니다.

우리나라 사람들은 어려서부터 오랜 기간을 살아남기 위해 남을 의식하며 치열하게 살아갑니다. 그렇게 살아온 사람에게 쉬는 것은 경쟁에서 뒤처지게 만드는 요인으로 느껴져 불안하고, 자기의 의무를 다하지 않고 있다는 생각마저 들게 합니다. 그 때문에 쉴 때도 마음 한 자리에는 일 생각이 남아 있고, 며칠간을 쉬다 보면 쉬는 것이 오히려 불편해집니다. 쉴 때는 다른 생각 없이 노는 것에 전념하여 일에 돌아갔을 때 활력이 되게 해야 합니다.

휴식 중에 제일 중요한 것이 잠입니다. "잠이 보약"이라는 말도 있지 않습니까. 어떻게 하면 숙면을 취할 수 있을까요?

잠에 대한 불안에서 벗어나야 합니다. 다음 날 일찍 일어나야 할 일이 있거나, 다음 날 좋은 컨디션을 유지해서 할 일이 있을 때에는 잠을 잘 자야 된다는 생각이 오히려 잠이 잘 들지 않게 하는 일이 많습니다. 하룻밤 잠을 덜 잔다고 해서 무슨 일이 생기는 것도 아니고 컨디션이 엉망으로 되는 것도 아닙니다. 꼭 자야 될 필요성을 몸이 느끼면 몸은 필요한 만큼 잠을 자게 되어 있으니 잠에 대한 불안은 불안 중에 가장 필요 없는 불안입니다.

하루 중 적당한 육체노동이나 운동을 해야 잠을 잘 잘 수 있습니다. 자기 직전에 가벼운 운동으로 적당히 걷거나, 미지근한 물에 샤워를 하여 긴장을 풀면 쉽게 잠들 수 있습니다. 잠들기 전의 격렬한 운동은 신체 리듬상 흥분 상태가 계속되어 오히려 잠에 잘 들지 못하게 할 수 있고, 자기 전에 진행 속도가 빠르거나 갈등이 심한 영화를 보는 것도 수면 장애를 야기할 수 있습니다. 잠을 너무 오래 자거나 낮잠을 자는 것은 다음 날의 수면 장애 요인이 될 수 있고, 전날 잘 자지 못했다고 낮에 계속 눈을 붙이고 있거나 운동을 하지 않는 것도 숙면에 방해가 됩니다.

숙면하기 위해서는 무엇보다도 마음 상태가 중요합니다. 마음의 갈등, 걱정이나 불안, 특히 공포감을 갖고 있으면 잠이 잘 오지 않고, 수면 중에는 나쁜 꿈을 꾸게 되어 숙면에 들지 못하고, 잠에서 깨면 꿈의 여파로 불안감이 엄습해오는 등으로 다시 잠들기 어렵습니다. 숙면을 위해서도 갈등이나 불안 등을 없애고, 좋고 밝은 긍정적인 생각이 잠재 심리에까지 깃들도록 노력해야 됩니다. 잠들기 전의 마음 상태가 중요하므로 잠들기 전에 명상을 하거나, 마음을 다스리는 책을 읽는 것이 좋습니다. 그렇게 하면 마음이 편안해져 졸음이 덮쳐오기 마련입니다.

음식, 운동, 휴식으로 체력을 유지하는 것 못지않게 중요한 것이 암 같은 중병을 조기에 발견하는 건강검진입니다. 암은 체력과는 관계없이 찾아오는 불청객임을 알아야 합니다.

현재 사망자 네 명 중 한 명이 암으로 사망하여, 암이 사망 원인 1위라고 합니다. 사람이 평생 동안 암에 걸릴 확률은 50%인데 암으로 사망하는 사람은 25%라고 하니, 암에 걸린 사람 중의 반은 치료되어 정상 수명을 산다는 이야기입니다. 나도 그랬지만 사람들은 암 이야기를 남의 이야기로만 생각하는 것이 보통입니다. 사람이 평생 암에 걸릴 확률이 50%이니 결코 나와 관련 없는 이야기가 아닙니다.

암에 걸린 사람들 중 치료되는 50%는 암을 조기에 발견한 사람입니다. 암이라는 종양은 초기에는 아무런 증상이 없고, 생리 기능에도 영향을 주지 않아 자각 증상으로는 결코 발견할 수 없습니다. 어떤 증세를 느껴 병원을 찾았을 때에는 이미 늦습니다. 암 치료술이 발달되었다는 것은 영상 의학 등의 발전으로 암을 조기에 발견할 수 있고, 조기에 발견된 암에 한해 절제하는 등으로 치료하기 쉽다는 것입니다. 뒤늦게 발견한 암은 수술 등으로 암 부위를 떼어내는 근본 치료가 불가능하며, 쉽게 재발되기 때문에 발전된 의학으로도 치료는 기대하기 어렵습니다. 나와 같이 뒤늦게 암을 발견하여 고통받는 일

이 없도록 모든 사람이 평소 검진을 통해 암을 조기 발견하여
잘 치료받았으면 좋겠습니다.

생각의 정화

진리와 선, 아름다움, 즉 진(眞), 선(善), 미(美)에 대해 사색하는 시간을 많이 갖는 것이 생각을 정화하는 길입니다. 진선미에 대한 생각은 갈등과 근심, 걱정 등 부정적 감정을 극복시켜 마음에 희열과 기쁨, 평화를 가져다줍니다.

보통 사람은 의식적이든 무의식적이든, 깨어 있든 잠을 자든 생각이 끊이지 않습니다. 호흡 명상을 해보면 처음 얼마 동안은 호흡에 집중했다가 자기도 모르는 사이에 이런 생각 저런 생각에 잠기고, 특히 혼자 있으면 온갖 생각이 떠올랐다 사라지는 것은 '명상하기'에서 말한 것과 같습니다. 수행하는 사람들이 생각이 없는 상태, 즉 무념무상 상태가 되면 열반의 경지에 이른다고 하지만 보통 사람으로서는 생각을 없앤다는 것은 어려운 일입니다.

생각이 끊이지 않아 생각을 할 수밖에 없다면 어떤 생각을 하는가 하는 생각의 내용이 문제입니다. 사람이 어떤 생각을 하고 있으면 그 생각이 말이나 행동으로 나타나게 됩니다. 사랑과 감사의 생각을 하고 있으면 사랑과 감사의 말과 행동을 하게 됩니다. 남을 속이려고 생각하면 거짓말을 하고, 다른 사람을 해하려는 생각을 하면 폭력을 행사합니다. 어떤 생각을 하느냐에 따라 사람의 영혼이 순수해질 수도 있고, 타락할 수도 있습니다. 생각을 정화해야만 맑고 순수한 삶을 살 수 있으므로 생각을 정화하기 위해 노력해야 합니다.

사람이 생각을 정화하기 위해 노력하지 않는 게으르고 나태한 마음으로는 어떤 생각을 할까요? 본능적 욕망에 관련된 생각을 주로 할 것입니다. 재물, 이성(異性), 명예, 권력 등에 관련된 생각 말입니다.

사람은 많은 시간을 재물에 대해 생각합니다. 무슨 일을, 어떻게 해서 돈을 벌 수 있을까, 자식을 교육시키고 가족을 부양하는 데 얼마만큼의 돈이 필요할까, 노후를 대비하려면 어느 정도의 재산이 필요할까, 현재까지 모은 재산은 얼마나 될까, 현재의 재산을 보존하고 불려나가기 위해 재테크는 어떻게 해야 될까.

재물을 얻기 위해서는 다른 사람과 경쟁해야 하는데 싸우는 마음인 쟁심(爭心)이 생기면 마음의 평온은 사라지고, 공격적인 생각을 하게 되고, 아울러 불안이 자리 잡습니다. 경쟁을 통해 재물을 얻는다고 해도 만족하기 어려워 또다시 경쟁하면서 재물을 모으려고 합니다. 애써 모은 재산을 지키고 불리기 위해 전전긍긍합니다. 재물을 모으면 즐겁고 자유롭게 살 것 같아 열심히 재물을 모으지만, 그 재물에 집착하여 그 굴레에서 벗어나지 못하고 재물을 둘러싸고 싸움이 일어나는 등 축적한 재물만큼 고통이 더해집니다.

사람은 필요 이상의 재물이 있으면 정신적으로 타락하게 되는 것 같습니다. 남자들 중에는 성실하게 살아오다 경제적·시간적 여유가 생기면 성적 쾌락을 즐기려는 사람이 있습니다. 그렇게 사는 것이 인생을 즐기는 것이고 남자로서의 특권인 양, 그런 즐거움을 위해 돈을 버는 것처럼 말입니다. 성적 쾌락을 위해 보약을 먹고 보양식을 먹는 등으로 건강을 생각하는 것은 육체적 건강이 영혼을 타락시키는 것이고, 불건전한 이성관계는 결국 가정의 평화를 깨트리는 큰 원인이 됩니다. 부부나 사랑하는 사람과의 건전한 성 접촉은 사랑을 확인하게 하고 성적인 긴장을 해소시켜 휴식과 편안함을 가져다줍니다. 그러나 일시적 쾌락을 위한 부적절한 성관계 뒤에는 허무와 불안이 찾아오고 죄의식을 갖게 합니다. 에이즈와 같은 불치의 성병이 만연하는 요즈음에는 불건전한 성관계를 하게 되면 성병에 감염되지 않았는지 하는 불안이 뒤따릅니다. 깨어 있는 마음으로 절제하지 않는 즐거움은 쾌락에 불과하며, 쾌락은 고통의 반대편에 있어 언제나 서로가 그 자리를 바꿀 수 있으므로, 쾌락 뒤에는 반드시 고통이 찾아올 수 있다는 것을 알아야 합니다. 나이가 들어 성 능력이 감퇴하는 것을 상실의 슬픔으로 받아들일 것이 아니라 본능적인 탐욕 중 하나로부터 자유롭게 되어 그만큼의 번뇌와 갈등이 줄어드는 좋은 일로 받아들여 기뻐해야 할 것입니다. 발기부전제와 같은 약물로 부자연스럽게 성적 쾌락을 맛보려는 것은 탐욕의 굴레에서 해방되려는 자기를 오히려 속박하는 어리석은 짓입니다.

　명예나 권력에 대한 집착은 다른 욕망과는 달리 개인차가 많은 듯합니다. 명예욕은 한 차원 승화된 욕심으로 생각할 수도 있지만 명예욕이 강한 사람은 감정적으로 쉽게 상처받을 수가 있고, 경쟁자에게는 양보가 되지 않는 등으로 감정싸움을 일으키기 쉬워 마음의 평화가 쉽게 깨어질 수 있습니다. 권력욕은 다른 사람에 대한 우월감이나 지배욕에서 나오는 것이므로 교만하거나 거만해지기 쉽고, 다른 사람에게 피해를 줍니다. 권력욕에 사로잡히면 정치인에게서 볼 수 있듯이 권력을 쟁탈하기 위해 거짓말을 일삼는 등 수단과 방법을 가리지 않기 때문에 추악하게 되어 인생에서 아름다움이 사라집니다. 분투

끝에 권력을 잡더라도 누군가에게 다시 권력을 빼앗기지 않을까 두려워합니다.

옛날에는 어떤 지위나 권력에 오르면 제법 오랫동안 그 자리를 지킬 수 있었지만 요즘 세상에는 그렇지 못해 그 자리에 오래 머물러 있을 수 없습니다. 지위나 권력에서 물러나면 모든 것을 잃은 것처럼 허해지고, 권력에 빌붙던 사람들도 사라져 쓸쓸한 여생을 맞게 됩니다. 그런 데다 주위 사람의 배반을 맛본다면 그 쓸쓸함은 극에 달할 것입니다. 높은 지위에 계셨던 분이 자살까지 한 심정을 곰곰이 생각해봐야 할 것입니다.

본능적 욕망은 사람이 생존하고 자손을 보존하며 사회생활을 영위하기 위해 어느 정도는 불가결한 것일지도 모릅니다. 그렇지만 분수가 넘는 욕망은 탐욕이 되어 마음에 갈등과 근심, 걱정을 일으키고, 때로는 다른 사람에게 정신적ㆍ물직적인 피해를 주기도 합니다. 갈등과 근심, 걱정을 일으키는 생각이 많으면 마음의 평화가 깨어집니다. 그러므로 그런 생각을 정화하여 마음을 평온하게 해야 합니다.

어떤 생각을 하는 것이 생각을 정화하는 것일까요?

진리와 선, 아름다움, 즉 진(眞), 선(善), 미(美)에 대해 사색하는 시간을 많이 갖는 것이 생각을 정화하는 길입니다. 진선미에 대한 생각은 갈등과 근심, 걱정 등 부정적 감정을 극복시켜 마음에 희열과 기쁨, 평화를 가져다줍니다.

진리에 대한 생각은 인생의 참이치에 대한 생각입니다. 마음은 어떤 것이고 마음의 평화에 이르는 길은 무엇인가, 행복의 조건은 무엇이고 어떻게 행복에 이를 수 있는가, 고통의 원인은 무엇이며 극복할 수 있는 길은 무엇인가, 삶과 죽음은 무엇이고 어떻게 가치 있는 삶을 살 수 있는가, 종교는 무엇이고 종교적 생활은 어떤 것인가, 명상이 왜 필요한가 등등입니다. 그런 생각을 많이 하여 나름대로 생각을 정립하면 인생을 참되고 바르고 지혜롭게 살아갈 수 있습니다. 그런 생각의 결과 깨달음이 있다면 진리를 깨닫는 희열도 느낄 수 있습니다.

착한 생각은 정당하고 바르게 살아가겠다는 생각입니다. 눈앞의 이익을 위해 부정한 방법을 사용하지 않고, 나쁜 일을 하여 다른 사람에게 피해를 주지 않는 것입니다. 다른 사람이나 공동체를 위해 나를 희생할 수 있는 생각입니다. 다른 사람을 위해 봉사하겠다는 생각이고, 자기의 것을 기꺼이 다른 사람에게 베풀겠다는 생각입니다. 착한 생각을 하는 자체가 즐겁고, 자기가 착한 생각을 했다는 것이 기쁘고, 나아가 착한 생각을 실행하면 더욱 큰 즐거움이 됩니다.

아름다운 생각은 시각적 · 청각적인 감각적인 미에 대한 생각도 포함되지만 자신의 영혼을 아름답게 하는 생각입니다. 음악과 미술 등 예술을 통해 아름다움을 추구해야 합니다. 탁한 부보다는 맑은 가난을 택하겠다는 생각, 가진 것에 만족하겠다는 생각, 음욕에 마음이 흐려지지 않는 진정한 사랑에 대한 생각, 교만하지 않고 겸손하겠다는 생각 등등입니다. 아름다운 생각은 욕망의 유혹에 따라 타락하지 않게 하고, 다른 사람이나 자기 자신에게 부끄럽지 않게 하며, 자신의 영혼을 맑고 바르게 합니다.

진리, 선, 아름다움에 대한 생각은 서로 별개의 것이 아닙니다. 진리에 대한 생각이 착하고 아름다운 생각이 될 수 있고, 착한 생각이 진리나 아름다움에 대한 생각일 수 있고, 아름다운 생각이라는 것이 진리나 선에 대한 생각일 수 있습니다. 어떤 면을 강조하느냐 하는 것뿐이고, 서로 상승작용을 하는 것입니다.

진리, 선, 아름다움을 어떤 결정을 해야 할 때 결정 기준으로 삼아야 합니다. 살아가면서 어떤 결정을 해야 할 때가 많고, 어떻게 결정해야 올바르고 현명한지를 알기 어려울 때가 많습니다. 그럴 때 어떤 행동이 진리에 부합되고 착하고 아름다운 것인지를 생각하여 진리와 선, 아름다움에 어긋나지 않는 쪽으로 결정해야 합니다. 그런 결정에 따른 행동을 하면 기쁜 마음으로 자신 있게 행동할 수 있고, 결과에 연연하지 않으며, 혹시 결과가 잘못되더라도 소신에 따른 것이었으므로 후회하지 않고 떳떳할 수 있습니다. 재물, 명예, 권력 등 욕망을 충족하기 위한 행동도 진선미의 기준에 따르면 욕망을 합리적으로 절제하는 것이 되어 아름다울 것입니다.

진리와 선, 아름다움에 대한 생각으로 가득하기 위해서는 그런 생각을 많이 할 수 있는 환경에서 생활해나가는 것이 중요합니다. 현란한 상품들이 유혹하는 백화점이나 쇼핑가를 드나들면 재물에 관련된 생각이 떠날 수 없고, 여자의 유혹과 접촉이 많은 유흥가를 배회하거나 음란한 영상물을 접촉하는 기회가 많으면 성적인 생각을 떨칠 수 없습니다. 안개 속에 있으면 자신도 모르게 옷이 젖듯이, 우리의 환경의 영향도 그런 것입니다. 나쁜 환경에서는 나쁜 생각이 일어나고, 좋은 환경에서는 좋은

생각이 일어납니다. 진리와 선, 아름다움에 대한 사색이 일어
나기 위해서는 숲과 맑은 물, 맑은 공기 등 자연과 가까이하는
시간이 많아야 합니다. 인간관계도 중요한 환경입니다. 이해
가 얽힌 관계가 많으면 득실을 따지는 생각을 하지 않을 수 없
고, 그런 사람과는 진선미에 대한 대화를 나눌 수 없습니다.
쾌락과 유흥을 탐하는 사람과의 접촉이 잦으면 그런 생각을
하게 됩니다. 이해관계 없이 진리와 선, 아름다움에 대해 이야
기할 사람들을 가까이해야 합니다. 고통받고 어려운 때 가까
워지는 사람들 중에 그런 사람들이 많습니다. 그런 사람들과
가까이할 수 없으면 차라리 무소의 뿔처럼 혼자 가는 것이 낫
습니다. 생각을 정화하는 책을 많이 읽어 마음속에 남아 있도
록 해야 합니다. 좋은 책은 한 번만 읽지 말고, 몇 번이고 반복
해 읽고 가슴에 새겨야 그것들이 자료가 되어 좋은 생각을 떠
오르게 합니다.

지금 어떤 것을 생각하는지 자주 스스로를 살펴봐야 합니다.
자신도 모르게 재물이나 명예, 권력 등에 대해 생각하고 있는
지도 모릅니다. 예전의 습관이 금방 사라지지 않습니다. 그럴
때에는 그런 생각에서 벗어나 좋은 생각 쪽으로 방향을 돌리
는 노력을 지속적으로 해야 합니다. 그래야 깨어 있는 마음이

되고, 진리와 선, 아름다움에 대해 생각하는 시간을 늘릴 수 있습니다. 그리고 하루 중 조용한 시간에 한 번쯤 나름대로 정리된 생각들을 되새겨보아야 그런 생각이 몸에 체득됩니다. 지금 어떤 생각을 하는지 살펴보아 좋은 생각으로 돌아가게 하는 것이 마음이 깨어 있도록 하는 것입니다.

만족이 주는 선물

올바른 만족을 위해서는 욕망이나 욕구를 줄여 무조건 적게 하는 것이 아니라 절제(節制)해야 합니다. 욕망을 절제하는 것은 자기의 능력과 분수에 맞게 바라는 것이자, 필요한 정도만 바라는 것입니다. 능력과 필요 이상으로 바라는 것이 탐욕입니다.

만약 모든 고뇌에서 벗어나고자 한다면 만족할 줄 알아라.

넉넉함을 아는 것은 부유하고 즐거우며 평온하다.

그런 사람은 비록 맨땅 위에 누워 있을지라도 편안하고 즐겁다.

그러나 만족할 줄 모르는 사람은 설사 천상에 있을지라도 흡족하지 않을 것이다.

만족할 줄 모르는 사람은 부유한 듯하지만 사실은 가난하고,

만족할 줄 아는 사람은 가난한 듯하지만 사실은 부유하다.

―유교경

친구나 친척의 아이는 모두 일류 대학을 갔는데 자기 자식은 일류 대학을 가지 못한 것을 불만스럽게 생각하여 자식과 갈등하는 부모가 있습니다. 반면에 장애를 가지고 태어난 아이가 혼자 힘으로 식사를 할 수 있게 된 것에 만족하여 환하게 웃으면서 즐거워하는 부모도 있습니다. 어떤 프로야구 팬들은 자기가 좋아하는 팀이 4강에 드는 것만으로도 만족하여 즐거워하는데, 어떤 팀의 팬들은 1위를 달리지 못하면 불평합니다. 가난하고 어렵게 자란 사람은 부모님이 낳아주고 키워준 것만으로 감사하고 만족하는데, 왕자로 태어나도 왕권을 계승받지 못했다고 불만하고, 재벌의 아들이라도 재산 분배가 다른 형제보다 적다고 불만하는 일이 있습니다. 남들이 보기에는 만족해도 될 것 같은데 만족하지 못하는 사람이 있고, 똑같은 일인데도 어떤 사람은 만족하지만 어떤 사람은 불만입니다. "행복은 만족에 있다"라는 격언처럼 만족할 줄 아는 사람은 행복할 수 있지만 만족할 줄 모르는 사람은 불행합니다.

부자냐, 아니냐는 얼마만큼의 재산을 가졌느냐가 아니라 만족하느냐, 아니냐에 따라 결정된다는 겁니다. 아무리 많은 재산을 가진 사람이라도 아직도 모자란다고 생각하면 부자라고 할 수 없습니다. 자기가 살 집과 일정한 수입이 있는 것에 만족하여 산다면 그 사람이 부자인 것입니다. 사치와 허영에 들떠 호화롭게 살면 재산이 많아도 그런 생활을 계속하기 위해서는 끊임없이 그만한 재산이 있어야 하므로 만족하지 못할 테니 부자일 수 없습니다. 절약하며 근면하게 살아가는 사람은 버는 돈보다는 쓰는 돈이 적어 재산이 늘어날 것이므로 부족할 것이 없어 부자의 마음으로 살 수 있습니다. 검소하면서 근면하게 살아야 부자가 될 수 있지, 사치와 허영으로 살아서는 마음은 언제까지나 가난뱅이에 머무를 것입니다.

만족해야 마음의 여유가 생깁니다. 마음의 여유가 있어야 서두르지 않고 느긋하게 삶을 즐길 수 있습니다. 불만스럽게 생각하면 만족에 이르지 못한 부족한 부분을 채워야 하기에 긴장되고 바쁩니다. 자기의 재산에 만족하는 사람은 적당한 시기에 은퇴해서 삶을 즐기면서 여유롭게 살 수 있지만, 그렇지 않은 사람은 돈벌이에서 벗어날 수 없어 죽을 때까지 돈에 쫓기면서 살아야 합니다.

만족할 줄 알아야 감사하고 봉사할 수 있습니다. 감사는 만족한 것에 고마움을 더한 것이고, 봉사는 감사한 것에 대한 보답이라고 할 수 있습니다. 만족하지 못하면 감사와 봉사 대신 원망과 원한이 생깁니다. 내가 가진 것, 나의 지위, 나의 가족에 대해 만족하면 오늘에 이르게 된 모든 것에 감사할 수 있고, 감사한 것들에 대해 보답할 수 있습니다. 불만을 가지면 그 원인을 자기 탓으로 생각하기보다는 다른 사람이나 다른 것들 때문이라고 생각하기 쉽습니다. 가난하게 태어나 못 배웠기 때문이라고 생각하면 부모 탓을 하여 원망하고, 다른 사람의 정당하지 못한 술책 때문이라고 생각하면 그 사람에게 원한을 갖습니다. 원망하고 원한을 갖게 되면 증오하고 미워하게 되지 사랑, 감사, 봉사는 생각할 수도 없게 됩니다.

만족해야 질투와 시기심이 사라지고 다른 사람에게 관대해집니다. 만족한 사람은 남을 부러워하지 않으므로 나보다 잘난 체해도, 나보다 더 가졌다고 해도 질투하고 시기하지 않습니다. 시기와 질투가 사라지면 다른 사람들을 동반자로 인식해 함께 살아갈 수 있습니다. 만족하지 못하면 부족한 부분을 채우기 위해 계속 다른 사람과 경쟁해야 합니다. 경쟁이라는 것은 총칼을 들지 않는 전쟁입니다. 그렇게 되면 함께 사는 다른 사람들은 동반자가 아니라 적이 됩니다. 적에게 둘러싸여 살아가자면 긴장되고 피곤한 삶을 벗어날 수 없습니다. 사람에 대한 불만은 그 사람의 장점을 보지 못하고 단점만 보게 합니다. 그런 눈으로 그 사람을 보면 하는 일마다 못마땅하고, 엄격한 잣대로 판단하게 되어 칭찬보다 질책을 많이 하게 되므로 인간관계에도 나쁜 영향을 끼칩니다. 자기에게는 엄격하고 다른 사람에게는 관대한 사람이 훌륭한 사람입니다. 다른 사람에게 관대해지기 위해서는 불만을 갖지 않아야 합니다.

　욕망이나 욕심을 줄여야 만족에 이르기 쉽다는 것은 누구나 알고 있지만 그러기가 어렵습니다. 사람이 살아가면서 욕망이나 바라는 것이 적으면 목표가 낮아져 크게 되기 어렵다고 생각됩니다. 욕망이 적고 그 욕망이 채워질 때 그에 만족하여 더 욕심을 부리지 않으면 발전성이 없는 사람이 될 수도 있습니다. 올바른 만족을 위해서는 욕망이나 욕구를 줄여 무조건 적게 하는 것이 아니라 절제(節制)해야 합니다. 욕망을 절제하는 것은 자기의 능력과 분수에 맞게 바라는 것이자, 필요한 정도만 바라는 것입니다. 능력과 필요 이상으로 바라는 것이 탐욕입니다. 능력이 되지 않으면서 일류 대학에 가려고 재수, 삼수를 하는 것이나, 고등고시에 합격하려고 한평생을 보내는 것은 탐욕 때문에 자기를 망치는 것입니다. 일류 대학을 나오지 못해도, 높은 자리에 오르지 못해도 자기 능력 안에서 최선을 다하여 만족하면서 사는 것이 옳은 것입니다.

옛말에 "위로 견주면 항상 모자라고, 아래로 견주면 항상 남는다"라고 했습니다. 좋은 대학을 가고, 높은 자리에 오르고, 많은 돈을 벌더라도 위를 쳐다보면 만족할 수 없습니다. 좀 더 좋은 대학을 가지 못한 것이 안타깝고, 더 높은 자리에 오른 사람이나 더 돈이 많은 사람과 비교하면 아무것도 이룬 것이 없는 것 같은 불만이 생깁니다. 소박한 삶을 살고 있다고 해도 아래를 바라보면 다행이고 행운이라는 생각을 가질 수가 있습니다.

그렇지만 비교하는 마음은 차별하고 분별하는 마음입니다. 세상의 모든 존재는 나름대로의 존재 가치가 있는 것입니다. 잡초가 꽃보다 못하고, 꽃이 나무보다 못한 것이 아닙니다. 잡초는 잡초대로, 꽃은 꽃 나름으로, 나무는 나무로서 각자 존재 가치가 있는 것입니다. 사람도 마찬가집니다. 똑똑하고 못나고, 잘살고 못살고, 높고 낮은 차별이나 분별 없이 나름대로 존재 가치가 있습니다. 자기가 어떤 위치에 있건 남과 비교하지 말고 스스로의 존재 가치에 만족해야 합니다.

없는 것을 생각하면 화가 나지만 남아 있는 것을 생각하면 괜찮아집니다. 이루지 못한 것을 생각할 것이 아니라 이룬 것을 생각해야 만족할 수 있습니다. 우리나라 사람들은 차에 대한 욕심이 특히 많은 것 같습니다. 소형차를 가진 사람은 중형차를 갖고 싶어 하고, 중형차를 가진 사람은 고급 승용차를 갖고 싶어 하고, 국산 고급 승용차를 가진 사람은 외제 승용차를 갖고 싶어 합니다. 자가용을 갖는다는 것을 상상하기 어려운 시대도 있었습니다. 자기의 차를 갖고 편안히 고장 없이 다니는 것에 만족하고 고마워해야 합니다. 교수 중에는 돈이 없는 것을 아쉬워하는 분이 있고, 사업가 중에는 명예가 없는 것이 불만인 분이 많고, 의사나 변호사 중에는 권력이 없는 것이 불만인 분이 있습니다. 교수는 높은 학식을 가졌고, 사업가는 돈과 경영 능력을 가졌으며, 의사나 변호사는 전문 지식과 함께 돈도 가진 분이 많습니다. 자기가 이룩하거나 가진 것만을 생각하면 모두 남부럽지 않고 만족할 수 있는 사람인데, 갖지 못한 것을 생각하여 불행해져서는 안 됩니다.

결과만 생각하면 불만일 때가 많겠지만 과정에 열중하면 불만이 덜할 것입니다. "진인사대천명(盡人事待天命)"입니다. 사람이 할 도리를 다하고 하늘의 뜻을 기다려야 하는 것입니다. 내가 최선을 다했으니 결과에는 연연하지 않겠다는 마음이 되어야 불만이 생기지 않을 것입니다. 어떤 목표를 두고 공부를 하거나 일을 할 때는 과정인 공부나 일 자체에 재미를 붙여 열심히 하고, 열심히 한 뒤 바라던 만큼의 결과가 나오지 않더라도 이를 받아들여야만 불만이 생기지 않습니다. "진인사대천명"이라는 것은 모든 과정의 결과인 현실을 '받아들인다'는 마음입니다. 좋든 나쁘든 받아들이면 불만이 생기지 않을 것입니다.

"마음을 비워라"라는 가르침이 있습니다. 욕망을 비워야 고요한 평화가 찾아오고, 그 평화야말로 참된 행복이라고 합니다. 마음을 비웠을 때 아무것도 바랄 것이 없어 지금 이대로 편안해질 수 있다는 것입니다. 욕망을 비워 당당하고 평화롭게 살아갈 수 있도록 마음을 닦아야 할 것입니다.

못 고치는 병이 없다 할 정도로 의학이 발달되어 남자의 평균수명이 칠십이 훨씬 넘는 시대에, 내 나이에 치료가 어려운 중병에 걸려 얼마 살 수 없는 것에 만족한다면 거짓말일 것입니다. 그러나 만족하기는 어려워도 '받아들임'의 마음을 키우다 보니 불만스러운 마음이 점점 사라지고 있는 것만은 사실입니다. 늙어갈수록 더 살고 싶은 마음이 강렬해지는 것이 사람의 마음인 것처럼 살아갈 날이 얼마 남지 않은 것을 알고 나니 조금만, 조금만 더 살았으면 하는 마음이 생기는 것도 어쩔 수 없습니다. 병을 처음 알았을 때는 "3년만 더 살게 해주십시

오”라고 기도하는 마음이었습니다. 어느덧 3년 가까운 세월이 지났습니다. 말기 암 환자로는 오랜 기간을 살았고, 나보다 뒤에 암이 발견된 많은 사람이 세상을 떠났습니다. 병의 치료를 위해 나는 물론이고, 집사람과 의료진 모두 최선을 다했습니다. 오로지 참되게 살기 위해 노력할 뿐, 얼마를 더 살게 될지에 연연하지 않을 것입니다. 그것이 지금에 불만하지 않는 것이기 때문입니다.

좋은 남편, 좋은 아내 되기

사랑은 상대방이 무엇을 해줄 것인가를 기다리는 것이 아니라 내가 무엇을 해줄 것인가를 생각하는 마음입니다. 두 사람이 서로 먼저 사랑을 주지 않고 사랑을 기다리며 살고 있다면 행복한 결혼 생활이 될 수 없습니다. 사랑은 받기를 원하는 이기적인 마음이 아니라 오로지 줄 수만 있는 이타적인 감정입니다.

우리는 태어나면서 부모 자식의 연으로 사람과의 관계를 맺는 것을 시작하여 성장하면서 친구, 동창의 인간관계를 맺고, 직장에서는 직장 동료, 상사와 부하라는 인간관계를 만들어갑니다. 생활 속에서도 손님과 종업원의 관계, 한동네에 사는 이웃 간의 관계, 의사와 환자의 관계 등 사람과의 관계 속에서 살아가는 것입니다. 이처럼 우리는 인연에 따라 지속적으로 인간관계를 맺으면서 살아갑니다.

남편과 아내라는 인간관계는 인생에서 다른 인간관계와 비교할 수 없는 소중하고 특별한 것입니다. 부부는 남자와 여자라는 인연으로 맺어져 이성(異性)으로 같은 집에서 함께 살면서 자식을 낳아 키우며 가정을 이루어나가는 관계입니다. 부부가 중심이 된 가정이 기본 단위가 되어 사회가 구성되고, 자식을 낳아 키움으로써 인류의 생존이 지속되는 것입니다. 어떤 인간관계도 남편과 아내처럼 서로가 가까이서 자기를 내보이면서 오랫동안 지속하는 관계는 없습니다. 그러므로 서로에게 가장 영향을 많이 주는 것도 남편과 아내 사이입니다.

우리가 살아가는 데 골치 아픈 일 중의 하나는 인간관계입니다. 인간관계의 좋고 나쁨에 따라 마음이 흔들리기 때문입니다. 인간관계가 원만할 때는 사람 때문에 마음이 불편한 일이 없습니다. 인간관계에 문제가 생겨 사이가 나빠지기 시작하면 상대를 믿지 못해 나를 욕하지 않을까, 피해는 주지 않을까 하는 걱정을 하게 되고, 급기야는 다투는 등으로 서로의 관계가 파탄에 이르러 마음에 상처를 입게 됩니다. 직장 동료든 친구든, 이해관계로 거래하는 사람이든 누구와도 관계가 나빠지면 마음의 평화는 유지될 수 없습니다.

인생에서 가장 가깝고 소중한 남편과 아내 사이가 나빠진다면 다른 어떤 사람과의 불화보다도 마음의 고통이 큽니다. 함께 얼굴을 맞대고 살아가야 하기 때문에 안 보면 그만인 사람과는 달리 마음의 고통을 떨쳐버릴 수도 없습니다. 두 사람이 나쁜 관계를 극복하지 못해 결혼 생활이 파탄에 이르게 된다면 불행이라는 그림자가 두 사람의 나머지 인생에 따라다닐 것입니다. 좋은 남편, 좋은 아내가 되는 것이 세상에서 가장 소중한 인간관계인 부부 관계를 아름답고 따뜻하게 일구어나가 행복하게 살아가는 길입니다.

남남인 남자와 여자가 맺어진 부부라는 관계에 갈등과 부조화가 없을 수는 없습니다. 중매나 중매 이후 짧은 기간의 교제를 거쳐 상대방을 잘 알지 못한 채 결혼을 한 경우 결혼 전에는 몰랐던 점을 뒤늦게 알아 갈등이 생길 수도 있습니다. 자기도 자신을 잘 안다고 할 수 없으므로 오랜 연애를 하다 결혼을 했다 해도 정도의 차이만 있을 뿐 그런 점은 다르지 않을 것입니다. 결혼할 때는 이성으로서의 호감이라는 본능에 지배되어 배우자를 선택하는 경우가 많습니다. 결혼을 해서 어느 정도 시간이 지나 이성으로서의 관심보다는 살아가는 현실의 문제가 더 중요해지면서 배우자에 대해 생각하지 못했던 문제가 불거져 갈등할 수 있습니다.

부부는 결혼하기 전 오랜 시간을 각자 자기 나름대로 살아오다 결혼으로 비로소 함께 살아가게 됩니다. 한쪽은 도시의 사람들 틈에서 성장했는데, 다른 쪽은 시골의 자연 속에서 성장했을 수도 있습니다. 한쪽은 엄격한 규율에 따라 생활해왔는

데, 다른 쪽은 얽매인 데 없이 자유로운 생활을 해왔을 수도 있습니다. 각자 가정의 경제적 수준, 부모님의 성격이나 자녀에 대한 관심도 다를 수 있습니다. 남자와 여자라는 성별 그 자체로 인한 행동 패턴의 차이도 상당히 많습니다. 이처럼 성장 환경이나 관심, 성격과 습관이 다른 이질적인 남녀가 결합하여 함께 사는 것이 결혼이므로 처음에는 갈등과 부조화가 없을 수 없습니다.

사랑의 진정한 의미를 아는 것이 좋은 남편, 좋은 아내가 되는 출발점입니다. 진정한 의미의 사랑이 있으면 갈등이 생길 수 없고, 갈등이 생긴다 해도 쉽게 극복될 수 있습니다. 이성으로서의 호감만으로 가지는 감정은 욕망이지 사랑이라고 할 수 없습니다. 진정한 사랑은 이성이라는 외부적 자극에 의해 생기는 것이 아니라 본래 내부에 존재하는 순수한 감정입니다. 부부 사이의 사랑은 이성이기 때문에 보고 싶고 함께 있고 싶은 감정이 아닙니다. 부부 사이의 사랑은 이성이라는 조건을 전제하지 않는 내면에 존재하는 순수한 감정으로서 일방적으로 주는 것이기 때문에 사랑이 있으면 갈등이 있을 수 없는 것입니다.

상대방이 나를 사랑해줄 것을 기대하여 나도 상대방을 사랑할 것이라는 생각으로 결혼했다면 잘못된 것입니다. 사랑은 아무런 대가 없이 상대에게 흘려보내는 것이므로 반대급부를 바라는 것은 사랑이라 할 수 없습니다. 사랑은 상대방이 무엇을 해줄 것인가를 기다리는 것이 아니라 내가 무엇을 해줄 것인가를 생각하는 마음입니다. 두 사람이 서로 먼저 사랑을 주지 않고 사랑을 기다리며 살고 있다면 행복한 결혼 생활이 될 수 없습니다. 사랑은 받기를 원하는 이기적인 마음이 아니라 오로지 줄 수만 있는 이타적인 감정입니다. 이기적으로 살아가는 것이 불행의 원인이고, 이타적인 삶이 행복이라 하는 것은 사랑해야 행복할 수 있다는 것의 다른 말입니다.

삶에 어려움이 없으면 게으르고 사치하는 마음이 생기듯이 부부 사이에도 어려움이 없으면 상대방에 대해 무관심해질 수 있고, 이기적인 마음이 생겨날 수 있습니다. 행복하다고 생각할 때 주위를 둘러봐야 하듯 가정에 어려움이 없을 때 서로의 사랑을 확인해봐야 합니다. 사랑은 어렵고 고통스러울 때 더욱 필요합니다. 사업에 실패하거나 실직하여 가계가 어려워지거나, 큰 병이 들거나 큰 사고를 당해 건강을 잃었을 때 등 어렵고 고통스러울 때 사랑으로 함께 극복해나가야 합니다. 어려움을 사랑으로 함께 극복해나가면 어려움을 잊을 수 있고, 비 온 뒤에 땅이 굳어지듯 어려움 뒤에 사랑과 믿음이 한층 더 성숙해질 것입니다.

'조화(調和)'는 좋은 남편, 좋은 아내의 필수적 덕목입니다. 다른 환경에서 성장했고, 남녀라는 성별의 차이로 가치관이나 성격, 생활 습관이 다른 두 사람이 어느 날부터 한집에서 가정을 이루어 함께 살아가는 것이 결혼이므로 서로를 위해 노력하지 않으면 불화가 그치지 않을 것입니다. 바닷가에서 자란 남편이 생선회를 좋아하는데 부인은 생선회는 비린내가 나 먹지 못하겠다고 다른 음식을 찾으면 부부가 싸우게 됩니다. 남편은 스포츠 중계만 보려고 하고, 아내는 연속극만 보려고 해서도 불화가 생깁니다. 아내는 자식을 조기 교육을 시키려고 하는데 남편은 돈 낭비라고 반대하며 서로 주장을 굽히지 않아도 안 됩니다.

그런 불화를 극복하여 조화를 이루는 남편과 아내가 슬기로운 부부입니다. 남편이 좋아하는 생선회를 아내도 좋아하려고 노력하는 것이 조화입니다. 아내가 좋아하는 연속극을 같이 봐주다 보면 아내와 즐거움을 함께할 수 있습니다. 남편과 아내는 서로 자기의 주장과 생각이 반드시 옳다는 생각을 버리고 상대방의 주장과 생각을 이해하고 받아들이려고 노력해야 합니다. 한쪽이 사실이 아닌 것을 사실이라고 우길 때에 사실이 아닌 것을 알면서도 사실이라고 인정해주는 것도 조화를 위한 지혜입니다. 도시에서 자란 부인이 콩잎을 깻잎이라고 끝까지 우긴다면 깻잎이라고 해줄 수 있어야 합니다. 그렇게 한다고 콩잎이 깻잎으로 되는 것도 아니고, 중요한 것은 콩잎이든 깻잎이든 그걸로 싸우는 것보다 양보로 부부가 조화되어 살아가는 것이기 때문입니다. 깻잎이 아니고 콩잎이라는 것을 나중에 아내가 알게 되었을 때 불화를 피한 남편을 얼마나 존경하겠습니까. 조화는 상대방에 대한 양보와 배려, 존중이라는 정화된 인품에서 우러나오는 것이어서 좋은 부부가 되기 위해서는 자신을 갈고닦아야 할 것입니다.

내가 아는 분의 이야기입니다. 젊은 시절 테니스를 하다가 알게 되어 지금까지 간혹 연락을 주고받다가 몇 년에 한 번씩 만나 회포를 풀고 우정을 나누는 분입니다. 그분은 말과 행동이 신중하고, 가진 것과 아는 것을 드러내지 않고 겸손하게 살아오신 분으로 저와 친분을 맺을 당시에는 원불교에 대한 믿음이 크신 분이었습니다. 그런데 그분은 그 뒤 부인께서 교회에 열심히 다녀 자기도 교회에 다니기로 했다고 합니다. 처음에는 다른 분위기라 적응하기가 어려웠지만 교회에 나가다 보니 목사님의 설교가 마음에 들어 교회에 다니는 일이 즐거워졌고, 요즘에는 부인과 함께 새벽 기도도 다닌다는 것입니다.

다른 사정도 있었겠지만 부인과 종교를 같이해 가정의 조화를 이룩한 그분의 슬기로움에 한층 더 존경심이 우러났습니다.

좋은 남편, 좋은 아내 사이에는 믿음이 필수적입니다. 믿음이 뒷받침되지 않는 좋은 인간관계는 없으므로 믿음은 인간관계의 기본 덕목입니다. 믿는 것만큼 편안해지고, 믿는 것만큼 자유로워지고, 믿는 것만큼 행복해집니다. 자신이 상대방을 믿는 것만이 믿음이 아니고, 상대방이 자신을 믿게 하는 것이 온전한 상호 간의 믿음입니다. 상대방이 자신을 믿게 말하고 행동하는 것이 상대방을 믿는 것보다 더 어려운 일입니다. 상대방에게 믿음을 주기 위해서는 정직과 절제, 인내하는 노력이 필요합니다.

이성의 결합인 부부 사이에서는 서로의 성적 순결에 대한 믿음이 중요합니다. 다른 잘못과는 달리 성적인 부정은 상대방에게 치명적인 배신감을 주어 두 사람의 관계를 돌이킬 수 없게 합니다. 그래서 배우자의 부정이 제일 많은 이혼 소송 사유가 되고 있는 것입니다. 한순간의 유혹을 이기지 못한 부정도 후회와 죄의식으로 고통받지만, 그래도 일시적인 것으로 끝날 수 있습니다. 그렇지만 지속적인 불륜 관계는 배우자에 대한 정신적 배신이고, 불륜의 폐해가 얼마나 큰지 알지 못하는 어리석은 짓입니다. 불륜은 상대방의 호감이 유지되어야 지속되는 특수한 인간관계이므로 호감을 유지하기 위해 끊임없이 긴장해야 하고, 배우자에 대한 죄의식과 발각될 것에 대한 불안 등으로 불륜이 계속되는 한 마음의 평화는 사라지므로 고통 속에 사는 것입니다. 비정상적인 남녀 관계는 좋은 감정을 갖고 있을 때는 끝나지 않고 사이가 나빠져야 갈라지게 됩니다. 나쁜 감정으로 헤어지면 남녀 관계의 본질상 원망을 품게 되어 앙갚음으로 극단적인 일도 생길 수 있습니다. 부부 사이의 정상적인 성관계는 긴장을 해소하여 휴식을 주지만 부정한 성관계는 후회와 불안의 고통을 가져다준다는 것을 명심하고 살아야 할 것입니다.

인내하고 포용할 줄 아는 부부가 좋은 남편, 좋은 아내입니다. 인내는 어려운 일을 참고 견디는 것이고, 포용은 잘못되거나 모자라는 것을 따뜻하게 받아들이는 마음입니다. 결혼 전에는 장점이라 생각하던 것이 함께 살다 보면 단점이 될 수 있습니다. 느긋한 성격이라 좋아했는데 사실은 게을렀던 것일 수도 있고, 치밀한 성격이어서 믿을 수 있는 사람이라 생각했는데 결혼해서는 지나치게 예민해 피곤한 사람일 수도 있는 것처럼 말입니다. 때로는 사람을 잘못 알고 결혼했다는 생각으로 후회스러울 때도 있을 것입니다. 대학까지 나오고 외모가 반듯

하여 지적인 사람으로 생각했는데 함께 살다 보니 1년에 책 한 권 읽지 않고 먹고 노는 것만 밝히는 사람이라 깊은 대화가 되지 않을 수도 있으니까요. 사람이기 때문에 함께 살면서 여러 잘못을 하기도 합니다. 이런저런 이유로 얼굴도 보기 싫을 때도 긴 결혼생활 중에 찾아올 수 있습니다. 한때 일본에서 퇴직한 늙은 남편을 아무 쓸모가 없다는 뜻으로 "젖은 낙엽"에 비유했듯이, 배우자가 있는 것이 도움이 되기는커녕 인생에 오히려 방해가 된다는 생각이 들 때도 있을 수 있습니다. 배우자에 대한 싫증이나 미움, 결혼의 위기를 극복하게 해주는 것이 인내와 포용입니다.

배우자에 대한 미움 등을 극복하는 것을 수행으로 삼아 인내하고 포용해나가면 어려움이 해결될 수 있습니다. 상대방이 마음에 들지 않는 행동을 하면 나에게 수행의 기회를 주는 것으로 생각해야 합니다. 마음에 들지 않는 배우자를 예수님, 부처님이라 생각하여 모셔보는 것이 수행입니다. 음식을 준비할 때도 예수님, 부처님에게 드릴 음식을 마련하듯 해봐야 합니다. 출퇴근을 할 때도 그분들을 보내고 맞이하는 마음으로 해봐야 합니다. 대화를 할 때도, 옷을 하나 살 때도 같은 마음으로 하고, 생활의 하나하나를 같은 마음으로 하다 보면 어느새 배우자에 대한 미움이 사라지고, 상대방도 정성에 감동하여 행동을 스스로 고칠 것이므로 결혼의 위기가 극복될 수 있습니다.

결혼 후에 손해 본 결혼을 했다는 어리석은 생각을 갖는 사람도 있습니다. 결혼을 하면서 서로가 이런저런 것을 따져 자기보다 낫거나 비슷하다고 생각하여 배우자로 맞이하기 때문입니다. 그래서 결혼을 한 뒤에 결혼 전에 기대했던 것보다 못한 때에는 손해를 본 기분이 되어 좀 더 좋은 사람과 결혼할 수 있었을 텐데, 하는 어리석은 생각을 하는 것입니다. 자신이 기대했던 정도로 갖춘 사람이라면 그쪽 역시 더 나은 조건의 사람을 택했을 것이라는 것을 깨닫지 못하고 말입니다. 사람 각자가 나름으로 존재가치가 있어 누가 더 낫고 못하다는 것도 없지만, 설령 서로가 모자라고 부족한 점이 있어도 따뜻이 포용하여 감싸주며 살아가는 것이 현명한 부부입니다.

좋은 아내는 어머니 같은 아내, 누이 같은 아내, 친구 같은 아내이고, 나쁜 아내는 원수 같은 아내, 도둑 같은 아내라고 『옥야여경』이라는 경전에 전해지고 있습니다. 어머니 같은 아내는 남편을 살피고 아끼기를 어머니가 자식에게 하듯이 항상 옆에서 돌봐주는 아내이고, 누이 같은 아내는 남편을 한부모에게서 난 형제와 같이 섬기는 아내이며, 친구 같은 아내는 어떤 비밀스런 일도 공유하고 잘못을 충고하여 지혜를 밝게 하는 등 남편에 대한 생각이 지극한 아내라고 합니다. 원수 같은 아내는 남편과 항상 헤어질 것을 생각하여 걸핏하면 싸우려고 으르렁거리면서 집안 살림을 돌보지 않는 아내이고, 도둑 같은 아내는 친정 사람 등과 짜고 재산을 빼내려 하고, 심지어 정부를 두고 틈만 나면 남편을 죽이려고 하는 아내라고 합니다. 같은 논리를 남편에게 적용하면 좋은 남편과 나쁜 남편이 어떤 사람인지도 알 수 있을 것입니다.

자식을 하나, 둘밖에 두지 않는 시대입니다. 자식이 성장해서 부모를 모시려고 하지 않고, 부모도 자식의 공양을 받으려고 하지 않는 시대에 우리는 살고 있습니다. 자식이 성장하여 떠나가면 부부 둘만 남아 살아야 합니다. 늙어갈수록 외로워져 다른 사람에게 기대고 싶고, 병이 들어 도움을 받아야 할 상황이 언제 다가올지 알 수 없습니다. 외로움을 함께할 사람도 배우자이고, 육체적으로 어려울 때 도움을 줄 사람도 배우자입니다. 나처럼 큰 병에 걸려보면 나 이상으로 위해줄 수 있는 사람은 아내 또는 남편뿐이라는 것을 실감할 수 있고, 부부 아닌 다른 사람은 누구라도 결국은 '무정한 남' 이라는 것도 뼈저리게 느낄 수 있습니다. 다시 태어나도 부부로 맺어지길 바라는 좋은 부부가 되어 행복하게 살아가야 할 것입니다.

마음 다스리는 책 읽기

책을 '영혼의 정수(精髓)'라고 합니다. 책을 쓰는 사람은 자신이 살아오면서 체득한 사실과 지혜, 지식 등의 중요한 핵심을 책을 통해 전하려고 합니다. 독자는 한 권의 책으로 지은이가 한평생을 통해 얻은 삶과 생각의 정수를 전달받는 것입니다.

사람들은 여러 가지 이유로 책을 읽습니다. 인문 과학이나 경제, 경영 관련 서적을 읽는 것은 지식을 쌓거나 정보를 얻기 위해서일 것입니다. 스포츠, 여행 등 취미 생활이나 건강을 위해서도 책을 읽고, 소설이나 만화 등 스토리가 있는 책은 재미로 읽기도 합니다. 허전한 영혼의 갈증을 풀기 위해 수필이나 시집, 종교나 명상 관련 서적을 읽기도 합니다. 지식이나 정보를 얻는 것이 재미있을 수도 있고, 소설을 읽으면서 영혼의 갈증을 해소할 수도 있듯이 꼭 이유를 갖고서 책을 읽는 것은 아니지만 말입니다. 여기서는 영적 갈증을 해소하고 마음을 닦기 위한 수행으로서 책을 읽는, '영적인 독서'에 대해 생각해보겠습니다.

청소년 시절에는 지적 호기심으로 나름대로 이것저것 가리지 않고 책을 읽은 덕에 상식을 넓히고, 최소한의 교양을 쌓았습니다. 대학에 진학한 이후부터는 주경야독으로 학교를 다니고, 고시 공부까지 하게 되어 전공 서적 외에는 다른 책을 볼 겨를이 없었습니다. 공직 생활을 하면서는 바쁘기도 했지만 학생 때와는 달리 책을 읽으면 책의 내용이 비관적이거나 비판적이고, 현실과 거리가 많은 것 같아 책을 찾지 않았습니다. 심지어 책을 많이 읽으면 이런저런 잡념이 많아져 문약(文弱)해진다는 생각이 들어, 독서 무용론까지 생각했을 정도였습니다. 지금 와서 돌이켜보니 어리석은 생각이었고, 그런 생각 때문에 책을 많이 읽지 않아 부족한 교양과 정신적인 빈곤으로 올바른 삶을 살아오지 못한 듯합니다.

오십에 가까운 나이에 변호사를 개업해 경제적으로 안정을 얻었지만, 정신적으로는 왠지 허전하고 이전보다 오히려 불안해지기까지 했습니다. 그러다가 유명한 정신적 지도자들이 지은 책들을 읽고는 삶을 되돌아보게 되었고, 특히 명상에 관련된 책을 우연히 읽고 명상을 하면서부터 정신적으로 안정되기 시작했습니다. 병의 치료를 시작하면서 하던 일을 놓고 놀게 되니 지루하여, 처음에는 그동안 읽지 못했던 대하 장편소설이나 역사서 등을 읽으면서 시간을 보냈습니다. 그런 책을 읽다 보니 인간의 권력과 부에 대한 본능 때문에 벌어지는 시비와 갈등 속에 내가 함께 헤매는 것 같아 정신적으로 별 도움이 되지 않았습니다. 그러다가 병이 재발하는 등으로 극도의 정신적 혼란이 와 이를 극복하기 위해 마음을 닦을 수 있는 책을 고르다 보니 나와 인연이 맞는 좋은 책들이 많아 소위 '영적인 독서'를 하게 되었습니다. 마음의 고통을 꼭 극복해야 한다는 절실한 심정으로 책을 읽으니 한 구절 한 구절이 감동과 일깨움으로 다가와 고통을 사라지게 했습니다.

책을 읽음으로써 가르침을 받고 일깨움을 맛볼 수 있습니다. 책을 '영혼의 정수(精髓)'라고 합니다. 책을 쓰는 사람은 자신이 살아오면서 체득한 사실과 지혜, 지식 등의 중요한 핵심을 책을 통해 전하려고 합니다. 독자는 한 권의 책으로 지은이가 한평생을 통해 얻은 삶과 생각의 정수를 전달받는 것입니다. 성인의 말이나 가르침이 담겨 있는 책은 진리에 다가가게 해 줄 것입니다. 오래전의 수행자들은 스승을 모셔 직접 가르침을 받거나 자신의 수행을 통해서만 지혜를 얻고 세상의 도리를 깨달을 수 있었습니다. 오늘날에는 선각자나 정신적 지도자가 직접 쓰거나 그들의 말씀이 담긴 책들이 많이 출간되어 마음만 먹으면 그런 책을 구해 읽을 수 있습니다. 그런 면에서는 옛날보다 고귀한 생각들을 만나기가 훨씬 편해졌습니다. 책을 통해서 고귀한 생각들과 교감하여 가르침을 받고, 지혜와 도리를 알 수 있으니 책 읽기는 영적인 생활에서 꼭 필요한 것입니다.

책을 읽음으로써 편협한 '나'에게서 벗어날 수 있습니다. 혼자서 생각을 하다 보면 아무래도 자기중심적인 생각을 하거나 자신의 주장이나 생각을 더욱 굳히는 쪽으로 생각을 하여 '나'에게서 벗어나지 못합니다. 대화를 하면서 상대방의 말만 듣겠다고 생각해도 어느 사이에 상대방의 말은 듣지 않고 자기의 주장이나 견해를 밝히고 있는 것을 종종 발견하게 됩니다. 그러나 책을 읽을 때는 책에 있는 내용을 받아들이려는 자세가 됩니다. 책을 쓸 정도이면 저자가 권위자이거나 저자에게서 배울 것이 있을 것이므로 배우겠다는 마음으로 책을 대하기 때문일 것입니다. 책을 읽어야 '나'에게서 벗어나 다른 사람의 생각과 주장을 받아들여 나를 풍부하게 할 수 있습니다.

책을 읽어야 새로운 생각, 새로운 다짐을 하여 영적 생활에 활기를 불어넣을 수 있습니다. "듣기 좋은 꽃노래도 한두 번이다"

라는 말이 있습니다. 아무리 감동을 주고 깨달음을 주는 명문이라도, 여러 번 읽거나 시간이 지나면 처음 읽었던 감동이 느껴지지 않게 마련입니다. '성 프란체스코 기도문'을 처음 접하여 암송할 때는 너무나 감동적이어서 기도문에 적힌 삶을 본받아야겠다는 일깨움이 있었는데, 시간이 지나자 감동이 무디어지고 절실한 심정으로 암송되는 때가 드물어졌습니다. 새로운 책을 읽어야 새로운 생각을 만날 수 있습니다. 진리나 도리는 복잡한 것이 아니라 단순 명료한 것이어서 새로운 생각이라 해도 큰 틀에서는 벗어나지 못하지만, 새로운 책으로 접하면 신선한 감동을 받아 새로운 다짐을 하게 됩니다. 새로운 자극과 다짐이 있어야 느슨해진 마음을 다잡아 활기차게 만들 수 있을 것입니다.

마음 닦음, 수행을 위한 '영적인 독서'라고 해서 신앙 서적을 읽으라는 게 아닙니다. 나는 정신적 지도자, 선각자, 대문호, 위대한 철학자께서 지은 책이나 그들의 말씀을 적은 책을 읽고 그들의 가르침과 맑고 성스러운 생각들을 만날 수 있었습니다. 봉사의 삶을 살았거나 살고 계신 분들의 책을 읽어 사랑과 봉사의 삶을 배울 수 있었습니다. 정신적 어려움을 극복하거나 맑고 순수한 삶을 살려고 노력하는 분들의 수필 형식의 책들도 많습니다. 직업적인 문인들 중에도 삶과 죽음의 의미를 생각하고, 인생의 진정한 가치를 담기 위해 노력하는 분들이 많아 그런 분들의 책을 읽으면 진한 영적 감동이 찾아왔습니다. '진리의 말씀'을 적거나 그 말씀을 해설한 책에서는 깨달음의 진수를 엿볼 수 있었습니다. 새로운 자극과 다짐이 필요할 때는 큰 서점에 가 위와 같은 유형의 책을 찾아 읽어보았습니다. 어떤 책은 영적인 부분을 다룬다면서 지나치게 신비주의적이거나 이해하기가 곤란하여 그런 책을 읽는 것이 오히려 정신적 낭비가 되었습니다.

'영적인 독서'는 느린 마음으로 해야 합니다. 낱말 하나하나의 뜻하는 바를 정확히 이해하면서 가급적 문장을 반복해 읽어 글 전체의 의미를 가슴에 담았습니다. 수험생이 시험공부를 하듯이 말입니다. 감동이나 깨우침을 주는 글은 외우다시피 하려고 노력했습니다. 흔히 외우는 식의 공부가 좋지 않다고 하지만 저의 경험으로는 외워야만 가슴에 남아 있어 필요할 때 상기되는 자기 생각이 되었습니다. 때로는 중간 중간에 책을 덮고 앞의 글들을 다시 생각하거나 명상을 통해 자신의 삶을 읽은 글에 비추어 생각해보기도 했습니다. 읽은 글에 자신을 비추어 보는 것은 그 글을 통해 자신의 마음을 닦는 것입니다. '영적인 독서'는 어떤 책을, 몇 권의 책을 읽었다는 실적의 문제가 아닙니다. 한 권의 책을 읽더라도 책에서 받은 감동과 일깨움을 체화해 자기 것으로 만드는 것이 중요하므로 느린 마음으로 책을 읽어야 하는 것입니다.

　좋은 책은 여러 번 다시 읽어봐야 합니다. 책을 다시 읽어 좋은 내용을 상기하는 것도 중요하지만 좋은 책은 다시 읽으면 감동이 새롭기도 하고, 무엇보다 전에는 알지 못했던 좋은 내용을 새로이 발견할 수 있습니다. 나이가 들어서인지 솔직히 내가 적은 글도 다시 읽으면 내가 이런 글을 쓴 적이 있던가 하는 부분도 있습니다. 더구나 남이 쓴 글을 읽으면서 모두 면밀히 기억하기는 어렵습니다. 수필이나 산문은 기억이 오래가는 것 같지만 나이 든 사람은 뒤 페이지를 읽으면서 앞 페이지 글도 생각나지 않을 때가 많으므로 수필이나 산문이라 해도 다시 읽어보면 감동이 새롭습니다. 특히 잠언집이나 시집은 정제된 말로 담백하게 표현되어 있어 읽을수록 새로운 것을 발견하고, 감동도 새로워 꼭 여러 번 읽어보게 됩니다. 성경이나 불경과 같은 경전을 수없이 반복해 읽고 암송하는 데에는 그만한 이유가 있음을 알게 되었습니다.

좋은 책은 주위 사람들에게도 권해야 합니다. 기독교에서 최고의 선행은 하느님의 복음을 전하는 것이라 하고, 불교에서 최고의 자비도 경전의 말씀을 전하는 것이라고 합니다. 어떤 책을 읽고 깊은 감명을 받거나 깨달음이 생겼다면 다른 사람들도 읽게 해주어야 보람 있는 선행을 하는 것입니다. 주위 사람들이 감명과 깨달음을 함께한다면 그 사람과 좋은 생각을 함께할 수 있어 그 책을 읽은 기쁨은 훨씬 커질 것입니다. 다른 사람에게 그 책의 제목을 알려주어 읽게 할 수도 있지만, 내 경우엔 읽어보고 좋은 책이라 생각되면 그 책을 여러 권 사서 주위 분들에게 주어 읽어보게 하면 마음의 선물이 되어 오랫동안 기억될 것입니다. 다만 사람에 따라서는 관심이나 취향이 다르고, 그 책과 인연이 맞지 않는 수도 있으므로 받은 사람이 그 책을 읽지 않거나 자신이 느낀 감정과 다르게 느낀다고 서운한 감정을 가져서는 안 될 것입니다.

좋은 책은 우리의 손길을 기다리는 고귀한 보석입니다. 우리가 눈길을 주어 읽어주기만 하면 주인 없이 버려져 있던 고귀한 보석이 나의 것이 됩니다. 그 고귀한 보석은 우리가 찾지 않으면 결코 먼저 다가오지 않습니다. 보석을 찾을 수 있는 소중한 시간을 망상으로 보내거나 쾌락을 탐닉하는 데 써서는 안 됩니다. 지금 당장 서점으로 가 고귀한 보석을 찾기 바랍니다. 자기가 번 돈의 1% 정도는 책을 사는 데 사용하겠다고 마음먹고 실천해보는 것이 어떨까요.

글쓰기 수행

자기의 에너지를 창조적인 것에 사용하는 것이 조금씩 천국에
다가가는 길이라고 합니다. 창조야말로 자신에게 기쁨을 주는
일이기 때문입니다. 즐거움을 얻을 수 있는 일을 생업 이외의 것
으로 생활 속에서 해나가는 것이 필요합니다. 지성인이라면 먹
고사는 일 외에 한두 가지 창조적인 행위를 하여야 합니다.

어린 시절에 백일장에 나가서 시를 지어보기도 하
고, 학교 문예지에 글을 싣고 싶은 마음에 단편의 글을 써보기
도 했습니다. 대학에 들어간 뒤로는 간간이 친구들에게 보내는
편지를 쓴 것 이외에는 개인적인 생각을 글로 쓴 것은 기억에
없을 정도이고, 글을 써보고 싶다는 생각도 없었습니다. 그런
데 암이라는 병에 걸려 오래 살기 힘들다는 것을 알게 되면서
글을 쓰고 싶다는 욕망이 생겼습니다. 글을 써서 자식들이나
손자들에게 나라는 사람의 이야기를 남겨두고 싶었고, 암과의
투병 과정도 남겨두고 싶었습니다. 그러나 그런 욕망으로 글을
쓰는 것이 모두 '나'를 남기기 위한 이기적인 것이라 보람이나

즐거움이 없어 글을 쓰기 시작했다가 곧 그만두었습니다. 그러다가 병을 치료할 수 없는 단계에 이른 것을 알고는 치료하는 동안 정신적인 어려움을 극복해온 나의 생각을 정리하기 위해 글을 쓰기 시작하여 매일 조금씩 글을 써나가다 보니 마음이 점점 편안해졌습니다. 그래서 글쓰기도 좋은 수행인 것 같아 '수행으로서의 글쓰기'에 대해서도 생각해보려고 합니다.

글을 쓰는 것 자체가 명상이 됩니다. 글의 주제가 삶과 죽음의 의미, 삶의 도리와 지혜 및 덕목, 사랑과 봉사와 같은 긍정적 감정을 키우는 진리와 선, 그리고 아름다움에 대한 것이었습니다. 글을 쓰기 위해서는 글을 쓰기 전에 미리 글의 주제에 대해 많은 생각을 해야 되고, 글을 쓰는 동안에는 오로지 글을 쓰는 주제에 대해서만 생각해야 합니다. 글을 쓰기 위해 많은 시간을 좋은 주제에 대해 생각하므로 글쓰기는 훌륭한 명상이 되었습니다. 글을 쓰는 동안 마음이 편해지고 점차 물질적 욕구 등 욕망이 줄어들면서 긍정적인 감정이 커져간 것은 글쓰기 명상의 효과일 것입니다.

글을 쓰는 것은 창조적으로 살게 해줍니다. 창조라는 것은 무언가 새로운 것을 만들어내는 것입니다. 작곡으로 음악을 만들고, 돌을 깎아 그로부터 형상을 만들어내고, 그림을 그리고 시를 짓는 것입니다. 자기의 에너지를 창조적인 것에 사용하는 것이 조금씩 천국에 다가가는 길이라고 합니다. 창조야말로 자신에게 기쁨을 주는 일이기 때문입니다. 즐거움을 얻을 수 있는 일을 생업 이외의 것으로 생활 속에서 해나가는 것이 필요합니다. 지성인이라면 먹고사는 일 외에 한두 가지 창조적인 행위를 해야 합니다. 글을 쓰기 위해서는 필기도구와 종이만 있으면 됩니다. 오늘날과 같이 컴퓨터로 글을 쓸 수 있는 시대에는 그저 컴퓨터 앞에 앉으면 됩니다. 글을 쓴다는 것은 마음만 먹어 시간을 내면 언제든 실행할 수 있는 손쉬운 창조적 행위입니다.

글을 쓰다 보면 삶의 목적이 더욱 분명해집니다. 살아가면서 문득 자신의 삶을 되돌아보면 바람에 이리저리 뒹구는 낙엽과 같이 목적 없이 떠돌고 있음을 알게 됩니다. 바람에 의해 이리저리 끌려다니는 나뭇잎과 같이 살다가는 어디에도 도달할 수 없습니다. 책을 읽거나 삶에 대해 생각하는 것만으로도 삶의 목적을 세워 목표한 방향으로 진행시킬 수 있습니다. 그렇지만 그렇게 세운 목표는 명확하게 정리되기 어렵습니다. 목표를 명확히 하기 위해서는 막연한 일깨움과 생각을 체계적으로 정리해야 합니다. 그리고 정리한 것들을 글로 적다 보면 막연하던 개념들이 정제됩니다. 그런 과정을 거치면서 삶의 목적이 더욱 분명해집니다. 책을 읽어 기억하고 스스로 생각해낸 것은 시간이 지나면 머리에서 사라집니다. 그렇지만 글로 적어놓은 것은 언제든지 다시 읽어 상기할 수 있으므로 목표와 다른 방향으로 흘러가는 삶을 다시 바로잡을 수 있습니다.

글을 쓰는 것은 생각한 것을 실천하도록 촉구합니다. 아무리 경전을 많이 외우고 있더라도 실천하지 않는 사람은 참된 수행자라 할 수 없고, 경전을 많이 모르더라도 진리대로 실천하는 사람이 진정한 수행자라고 할 수 있습니다. 생각을 밖으로 나타내어 표현하지 않으면 표현에 따른 책임감을 느끼지 않아 생각으로만 끝날 수가 있습니다. 그러나 생각을 글로 드러내고도 이를 실천하지 않으면 가식적인 삶을 살게 되고, 더구나 그 글을 다른 사람에게 읽게 하고도 글과 다른 행동을 하거나 다른 삶을 산다면 위선자로 취급받을 수밖에 없습니다. 가식적인 삶을 살지 않고 위선자가 되지 않기 위해서는 자기가 쓴 글의 내용과 같은 삶을 살려고 노력하게 되어, 글은 생각하는 것을 실천하게 만듭니다.

글을 쓰는 것은 '일사일념(一事一念)'으로 지금 여기에 사는 것입니다. 글을 쓰는 동안에는 글 쓸 내용만을 생각합니다. 글을 쓰면서 앞으로 치료가 어떻게 될까, 혹시라도 병이 빨리 진행되지 않을까를 걱정한 일이 없습니다. 물론 지난 일을 한탄하거나 후회한 적도 없습니다. 사람은 한 가지 생각에 집중하면 다른 생각을 할 수 없기 때문입니다. 어떻게 할까 하는 갈등이나 이런 일 저런 일에 대한 고민으로 하루를 보내고 나면 저녁 녘에는 머리가 가득 차고 뒷머리가 당기는 무거운 기분을 느낍니다. 글을 쓰고 난 뒤의 하루는 왠지 즐겁고 기분이 가벼워집니다. 창조적인 일을 하고 난 뒤의 행복감이기도 하겠지만 일사일념으로 지금 여기에 살아 갈등 없는 하루를 보냈기 때문이기도 할 것입니다.

글은 절실한 심정으로 써야 합니다. 오래전 일본에서 직업 무사인 사무라이의 부인이 그 집 하인과 사랑에 빠진 것이 발각되어 관례에 따라 사무라이와 그 집 하인이 결투를 하게 된 일이 있었답니다. 칼 쓰는 기술을 배운 적이 없는 하인은 죽음을 각오하고 생존만을 위해 온 에너지를 모아 싸움에 응했고, 사무라이는 그 싸움을 그저 시시한 운동 정도로만 여기고 응했습니다. 싸움의 결과, 예상과는 달리 하인이 승리했다고 합니다. 절실하고 절박한 심정은 검술을 배운 일이 없는 하인으로 하여 칼 쓰는 기술자인 사무라이를 이기게 한 것입니다. 누군가가 등 뒤에서 총을 들고 따라올 때만큼 빨리 달릴 수가 없습니다. 글을 쓰는 것도 마찬가지입니다. 절실하고 절박한 심정으로 써야 온 에너지가 글 쓰는 데 집중되어, 절실한 감정이 전달되는 글이 됩니다. 다른 일도 절실하고 절박한 심정으로 한다면 바라는 대로 이루어질 것입니다.

밝은 주제로 글을 쓰면 기쁘고 밝은 마음이 되어 행복해집니다. 대문호 톨스토이도 그의 인생 말년에 사랑, 행복, 친절 등의 밝은 주제로 글을 쓰고, 매일 반복해 읽으면서 감동과 흥분을 느끼며 살았다고 합니다. 나 역시 사랑과 용서, 봉사와 나눔, 친절과 만족 등 긍정적이고 밝은 주제로 글을 쓰다 보니 기쁘고 밝은 마음이 되었습니다. 살아가는 데는 밝은 주제가 그 밖에도 많습니다. 믿음, 소망, 인내, 친구…… 등등 밝은 주제를 찾아 그에 대해 생각하고 글로 적어보면 삶이 보다 기쁘고 밝아질 것입니다.

다른 사람에게 도움을 주겠다는 마음으로 글을 쓰는 것이 보람되고, 편협한 생각에서 벗어나게 합니다. 글이라고 하기는 뭐하지만 병을 알기 전까지만 해도 싸우기 위해 글을 썼습니다. 공소장, 논고문, 준비 서면 등 모두 이기기 위한 글이었습니다. 병을 알고 난 뒤에는 내가 살아온 과정이나 투병하는 과정에 대한 글을 쓰고 싶었습니다. 그런 글들은 모두 '나'를 위한 글입니다. 그래서 그런 글들을 쓰는 것은 근원적인 보람을 주지 못하고, 나의 편협한 생각을 더욱 굳힐 뿐이었습니다. 혼자서 마음을 다스리기 위해 글을 쓰다 보니 마음은 편안해지는 것 같았지만 자기 자신에 대한 독백이 많아지고, '나'를 벗어나지 못한 글이 되었습니다. 고통을 극복하면서 느낀 삶의 의미를 다른 사람들과 나누고, 도움이 되기를 바라는 마음으로 글을 쓸 마음을 먹으니 글이 달라졌습니다. 나 혼자 독백처럼 쓴 글이나 나의 생각을 담은 글을 다른 사람 입장에서 다시 생각할 수밖에 없었습니다. 그런 과정에서 '나'의 생각이나 주장도 여러 생각이나 주장의 하나에 불과하다고 깨달으면서, 나와 다른 생각이나 주장을 가진 분들이 나의 글을 읽고 불편하게 생각하지 않도록 하겠다는 마음으로 글을 쓰니 편협한 생각에서 벗어나게 되는 것 같았습니다. 다른 사람들에게 도움이 되고자 글을 쓴다면 그 즐거움과 보람은 봉사하는 것과 같은 즐거움과 보람일 것입니다.

글을 쓰는 것은 음식물을 먹고 소화해내는 것과 같다는 생각이 듭니다. 달콤하고 기름진 음식은 맛있지만 몸에는 해로운 것처럼 쾌락이나 재미를 추구하는 독서나 삶으로는 감동적인 좋은 글을 쓰기가 힘들 것입니다. 몸에 좋은 보약은 쓴 것처럼, 고통과 고난을 겪으며 이를 극복하는 과정에서 무언가를 깨닫고 '영적인 독서'를 통해야 읽을 가치가 있는 글을 쓸 수 있을 것입니다. 같은 물을 먹어도 벌은 꿀을 만들고, 뱀은 독을 만듭니다. 같은 책을 읽고 같은 경험을 했다 해도 어떤 마음을 가졌는지에 따라 표현이 달라지고 다른 사람에게 주는 영향도 다를 것입니다. 같은 재료와 경험으로 글을 쓴다고 해도 긍정적이고 이타적인 사람은 따뜻한 감동이 있는 글을 쓸 것이고, 반대의 사람은 그러지 못할 것입니다.

'수행으로서 글쓰기'를 해온 나 자신을 되돌아보니 글을 쓰기 이전과 여러 면에서 달라진 것을 알 수 있습니다. 지금이 더 어려운 시기임에도 예전보다도 마음이 훨씬 밝아졌고, 일희일비하는 마음의 흔들림도 줄어들었습니다. 막연하던 생각들도 잘 정리되었고, 실천 의지도 높아졌습니다. 무엇보다도 종전과 달리 창조적으로 살아온 하루하루가 보람되고 의미 있는 나날이 되었습니다. 다른 사람들이 나의 글을 읽어줄 때는 읽어주는 것만으로도 감동이고 보람이었습니다.

고요한 마음 갖기

좋고 싫다는 마음을 버리지 못하면, 보고 듣고 먹는 것이 일상인데 그럴 때마다 마음이 흔들려 감정의 불안정 속에 살아가게 됩니다. 좋고 싫음을 없애려면 그저 담담하게 받아들이는 마음을 키워가고, 호오의 감정을 빨리 내려놓아야 합니다.

고요한 마음은 거친 풍랑으로 산더미 같은 파도가 몰아쳐도 꿈적도 하지 않는, 바다의 심연(深淵)과 같은 마음입니다. 고요한 마음은 일희일비하지 않는 흔들림 없는 마음입니다. 마음을 닦고 명상하는 등 모든 수행 정진의 최종 목적은 고요한 마음을 갖는 것일 겁니다. 어둠 속에 빛이 있듯이 기쁨에는 슬픔이 있고 즐거움에는 괴로움이 있어, 기쁨과 즐거움은 슬픔과 괴로움으로 변할 수 있습니다. 고요함에는 기쁨과 슬픔도 없고, 즐거움과 괴로움도 없습니다. 그저 무한하게 평화롭고 여여한 지상(至上)의 선인 상태입니다. 그래서 고요한 마음을 '성스러운 마음' 이라고 합니다.

나같이 수행이 부족한 사람이 고요한 마음을 오랫동안 지속하는 것은 정말 어렵습니다. 세속에서 여러 유형의 사람을 만나고 이런저런 일을 하면서 살다 보니 바람 잘 날 없는 나뭇가지와 같이 흔들립니다. 깨달음을 얻은 수행이 높으신 분도 조용히 홀로 있던 수행처를 떠나 세속에 나가게 되면 고요한 마음을 지속하기가 쉽지 않을 것입니다. 평화롭고 고요하던 마음도 모욕을 당하거나 첨예한 이해관계에 걸린 일이 생기면 흔들리는 것은 모두가 경험하는 일입니다. 고요한 마음을 오랫동안 지속하는 것은 어려운 일이겠지만 사소한 일에 일희일비 않고 고요한 평화 속에 살아가기 위한 수행은 평생의 과업으로 삼아 끊임없이 정진해야 하겠습니다.

좋고 싫어하는 마음을 버려야 고요해질 수 있습니다. 보기 좋고 싫고, 듣기 좋고 싫고, 냄새가 좋고 싫고, 맛이 있고 없고, 촉감이 좋고 싫고, 생각이 좋고 싫다는 마음을 갖는 것이 호오(好惡)의 마음입니다. 눈, 귀, 코, 입, 피부, 머리로 느끼고 생각하는 것에 좋고 싫어하는 마음을 가지는 것입니다. 어떤 대상에 대해 좋다는 마음을 가지면 집착하거나 애욕을 갖게 됩니다. 어떤 대상을 싫어하는 마음을 가지면 미움과 증오가 됩니다. 좋고 싫다는 마음을 버리지 못하면, 보고 듣고 먹는 것이 일상인데 그럴 때마다 마음이 흔들려 감정의 불안정 속에 살아가게 됩니다.

좋고 싫음을 없애려면 그저 담담하게 받아들이는 마음을 키워가고, 호오의 감정을 빨리 내려놓아야 합니다. 빨간색을 좋아하는 사람도 있고 싫어하는 사람도 있습니다. 록 음악도 마찬가집니다. 돼지고기를 좋아하는 사람이 있는 반면 싫어하는 사람이 있습니다. 전라도 사람들이 좋아하는 홍어 찜도 마찬가집니다. 좋고 싫고를 떠나 그저 그런 색, 음악, 맛과 냄새를 있는 그대로 담담하게 받아들여, 보고 듣거나 먹으면 되는 것입니다. 사람의 생각에 대해서도 그렇습니다. 나와 다른 생각이라도 그런 생각도 있을 수 있다고 받아들이면 되지, 그런 생각을 한다고 싫어하는 감정을 일으켜서는 고요와 평화가 깨집니다. 특히 사람에 대해 호오의 감정이 심하면 애욕과 미움이 교차하여 마음이 크게 흔들릴 수 있습니다. 사람에 대해 좋고 싫은 편견을 버리고 그냥 받아들이도록 해야 합니다.

좋고 나쁘다는 편견에서도 벗어나야 됩니다. 좋고 싫어하는 것은 감정상의 문제이고, 좋고 나쁘다는 것은 이성적인 가치 판단의 문제로 볼 수 있습니다. 주관적인 가치 판단으로 좋은 것 또는 나쁜 것으로 분별하는 마음을 갖고 있으면 마음의 평화가 깨어지기 쉽습니다. 재산이 많은 것이 좋다는 마음을 가지면 재산이 없어 괴로워할 수 있습니다. 키가 큰 것이 좋다는 마음을 가지고 있으면 키가 작아 괴로워합니다. 어떤 직책이 좋고 어떤 직책은 나쁘다는 생각을 가지면 인사이동 때마다 마음이 흔들립니다. 좋고 나쁘다는 것은 그 사람의 주관적인 생각일 뿐이고 어느 것이 절대적으로 좋다거나 나쁜 것은 없습니다. 좋은 면을 보면 좋을 수도 있지만 나쁜 면을 보면 나쁠 수도 있습니다. 공무원을 하던 시절에 여러 번 인사이동 때마다 희비가 엇갈렸지만, 지금 생각해보면 좋고 나쁜 자리가 없었는데 괜스레 마음이 흔들렸던 것 같아 부끄럽습니다.

마음이 흔들리지 않기 위해서는 '좋고 싫음', '좋고 나쁨' 으로 나누는 마음을 없애야 하겠지만 웬만한 수행으로는 그렇게 되기 힘듭니다. 그런 분별심을 없애기 어려우므로 분별심이 일어나는 상황을 만들지 않는 것이 마음의 고요를 유지하는 방법일 것입니다. 분별심이 일어나는 상황에서 벗어나는 가장 좋은 방법은 아무도 살지 않는 산속으로 들어가 세속에 관심을 끊고 홀로 사는 것일 겁니다. 스님이나 수사 등 많은 수행자가 고독 속에서 수행하는 것은 그런 이유 때문이겠지요.

우리 같은 보통 사람은 그렇게 살 수 없지만 분별심이 일어나는 상황을 될 수 있는 한 줄여나가야 나름대로 마음의 고요를 유지할 수 있습니다. 대부분의 사람들은 돈에 관련된 일에 민감하여 분별심이 커집니다. 주식 투자를 하는 사람은 세상의 모든 일을 주식 투자에 관련지어 일희일비하고, 하루 종일 그 일에 매달려 마음의 평화는 멀어집니다. 마음이 흔들리지 않으려면 재물에 대한 관심이나 거래를 줄여야 합니다. 아침에 일어나면 습관적으로 텔레비전 뉴스를 보거나 신문을 읽는 사람이 많습니다. 뉴스, 특히 정치 뉴스를 보면 싫거나 부당하다고 생각되는 것이 대부분이어서 분별심이 일어나 아침부터 마음이 흔들리게 됩니다. 진리나 선, 아름다움에 대해 생각하면 분별심이 일어나지 않기 때문에, 명상으로 아침을 시작하는 것은 고요한 마음으로 평화로운 하루를 보낼 수 있게 해줍니다. 분별심이 생기지 않게 하는 것은 자연입니다. 하늘을 보고 바다를 보고 푸른 나무 그늘에서 맑은 공기를 마시는데 어떤 분별심이 생기겠습니까? 가능한 한 많은 시간을 자연과 함께하면 마음의 고요를 지킬 수 있을 것입니다.

모든 사람은 바라는 것이 있습니다. 바라는 것이 있어야 삶에 활기가 생기고, 그것을 달성하기 위해 노력하게 됩니다. 문제는 바라는 것에 대한 '집착'입니다. 세상일이 모두 바라는 대로 된다면 얼마나 좋겠습니까만, 그렇게 되지 않는 일이 훨씬 많습니다. 바라는 일은 장래에 어떤 사람이 되겠다는 희망과 같이 오랜 세월이 걸리는 큰 바람도 있지만 조그마한 바람도 많습니다. 오늘은 얼마를 벌면 좋겠다는 매상에 대한 바람이 있고, 이번 주말에는 날씨가 맑아 하이킹을 즐길 수 있었으면 하는 날씨에 대한 바람이 있습니다. 이것저것 바라고 살면서 그것에 집착하여, 바라는 것이 이루어졌다고 기뻐하거나 그렇지 않다고 실망하면 마음이 평화로울 때가 없을 것입니다.

바라는 것에 대한 집착을 버려야 고요한 마음을 가질 수 있습니다. 바라는 것에 대한 집착을 버린다는 것은 어떻게 되어도 '괜찮다'는 마음을 갖는 것입니다. 어떤 대학을 가길 바라고, 어떤 사람과 결혼하길 바라고, 승진하길 바라고, 그렇게 되기 위해 노력하지만 그렇게 되지 않더라도 괜찮다는 마음을 갖는 것입니다. '괜찮다'는 것은 되거나 말거나 관심 없다는 것이 아닙니다. '괜찮다'는 것은 어떤 쪽으로 되더라도 마음이 흔들리지 않겠다는 것이며, 이를 거부하지 않고 받아들이겠다는 마음입니다. 그럴 때 고요한 마음이 지속될 수 있습니다. 바라는 것에 대한 집착을 버리는 것은 어떤 일의 과정에 최선을 다하지만 결과에 대해서는 연연하지 않는 것입니다. 현재의 과

정에 최선을 다하고 미래의 결과에 집착하지 않는 것은 지금
이 순간에 사는 것이기도 하지만 고요한 마음을 갖는 길이기
도 합니다.

기도는 우리의 바람이 이루어지도록 기원하는 것입니다. 좋
은 학교, 좋은 직장에 합격하게 해달라고, 승진하게 해달라고
기도합니다. 많은 기도를 했는데 그런 바람이 이루어지지 않
으면 원망하고 낙담하여 마음이 흔들립니다. 그런 바람을 기
도하는 것보다 최선을 다할 수 있도록 해달라고 기도하고, 합
격하지 않더라도, 승진하지 않더라도 마음이 흔들리지 않게
해달라고 기도해야 됩니다. 그래야 결과에 흔들리지 않고 고
요한 마음으로 살아갈 수 있습니다. 자기가 잘되고 복을 받게
해달라는 기도보다는 다른 사람이 잘되고 복 받게 해달라고
기도하면 다른 사람을 위한 마음이 되어 훨씬 마음이 평온해
질 것입니다.

마음이 흔들리지 않기 위해서는 당당한 자기중심을 가지고 있
어야 합니다. 자기중심이 서 있지 않으면 이런저런 상황에서
이렇게 할까 저렇게 할까 마음이 흔들릴 수밖에 없습니다. 자
기중심을 가진 것은 자기 생각을 고집하는 것이 아닙니다. 자
기 생각을 고집하는 사람은 자기와 다른 생각을 대하거나 자

기 생각과 다르게 진행되는 일이 있으면 마음이 흔들립니다. 자기중심을 가진다는 것은 내면의 '진정한 자아'에 따라 사는 것입니다. 진정한 자아는 이기적인 소아(小我)에서 벗어나 진리를 따르고 진리에 부합하려고 하는 깨달은 마음입니다. 진정한 자아는 내면에 품고 있는 부처님이고 예수님입니다. 진정한 자아에 따라 사는 것은 진리에 따라 사는 것이므로 진정한 자기와 진리에 의지하는 것입니다. 사람은 누구나 진정한 자아를 깨달을 수 있는 씨앗을 가지고 있습니다. 진정한 자아나 진리를 알지 못한다고, 자기중심을 갖지 못하겠다고 해서는 안 됩니다. 깨달음의 씨앗을 키워가는 수행 정진을 해나가면서 자기중심을 잡아가야 하겠습니다.

명상 등 수행의 가장 높은 단계는 관조(觀照)하는 것이라고 합니다. 육체도 버리고, 사색도 버리고, 감정도 버린 채 '지켜보는 것'을 관조라고 하고, '지켜보는 자'에게는 고통이 없다고 합니다. 지켜보는 것은 자기 속에서 자기를 보는 것이 아니라 자기를 벗어나 객관적으로 자기를 바라보는 것입니다. '나'에게서 벗어나 '나'를 보면, 그렇지 않을 때 가졌던 좋고 싫은 감정이 주관적인 것에 불과하다는 것을 알게 될 것입니다. '나'에게서 벗어나 상황을 지켜보면 모든 일이 나의 일이 아니라 세상의 섭리의 하나로 일어나고 없어지는, 그저 그런 일이라는 것도 깨닫게 될 것입니다.

병을 알기 전에는 물론이고 병을 알고 난 뒤에 여러 일로 일희일비하면서 마음이 흔들렸습니다. 병을 처음 알았을 때, 재발, 또 재발했을 때 크게 마음이 흔들렸고, 치료 과정에서도 검사 결과에 따라 웃고 울었습니다. 암과 싸우는 것을 담담하게 받아들여 암과 함께 살아가면 되지, 좋고 싫은 감정에 싸여 흔들려서는 안 될 것입니다. "삶과 죽음이 하나다"라고 했듯이 삶이 좋고 죽음이 나쁘다고 분별하지 않는다면 고요한 마음으로 살고, 또 죽음을 받아들일 수 있습니다. 병이 낫기만을 바라면 사소한 검사 결과나 치료 결과에 마음이 흔들릴 것입니다. 주변에 나의 병이 나을 수 있도록 기도하겠다는 분들이 계시면 병이 낫게만 기도하지 말고 낫지 않더라도 내 마음이 흔들리지 않도록 기도해달라고 부탁합니다. 죽든 살든 일희일비하지 않고 마음의 평화가 오래오래 갔으면 좋겠습니다.

두 까까머리 소년의 아름다운 우정

글 _ 고승철(소설가 · 전 동아일보 출판국장)

A 군과 B 군은 중학생 시절 처음 만났다. 중2 때 같은 반이 되면서 친해졌다.

"야, 깜상, 이리 와!"

유난히 얼굴이 새카만 A 군을 급우들은 이렇게 부르며 놀렸다. A 군을 악동들로부터 보호하기 위해 B 군은 나름대로 애썼다. 악동들을 꾸짖기도 하고 도넛 등 군것질거리를 사주며 달래기도 했다. A 군은 농촌 출신이었고 B 군은 지방 도시 중산층 집에서 자랐다. 중학교 입시가 있던 시절이라 A 군은 도시 학교에 진학한 것이다.

A 군은 총명했다. 성적도 최상위권이었다. 그러나 도시 아이

들처럼 깔끔한 외모가 아니라는 이유로 교사들에게서도 푸대
접을 받았다. 급우들은 A 군이 그렇게 공부를 잘하는지조차
잘 몰랐다.

지적 호기심이 많은 A 군은 일본어를 혼자서 익혔다. 공책에
히라가나를 쓰며 단어를 외웠다. 쉬는 시간에 그 모습을 본 악
동 하나가 A 군을 괴롭혔다. 일본어를 공부한다는 이유만으
로…….

"야, 쪽발이 ××!"

악동은 A 군의 목을 철썩 소리가 날 정도로 세게 때렸다. 불
의의 습격을 받은 A 군은 당황해했다.

B 군이 나섰다.

"일본을 이기려면 일본어를 알아야지. 친구에게 이 무슨 행
패야?"

B 군의 종용으로 악동은 A 군에게 사과했다.

B 군은 그날 A 군을 위로하려고 자기 집에 데려갔다. B 군
의 어머니가 과일과 빵을 내놓으며 A 군을 기쁘게 맞았다. 그
후 A 군은 B 군 집에 무시로 드나들었다.

고교에 진학할 때가 왔다. 집안 형편이 어려운 A 군은 인문
계 고교에 지원하지 못하고 상업학교에 갔다. 인문계 고교에
진학한 B 군은 A 군의 처지를 생각하면 가슴이 아팠다.

A 군과 자주 만날 궁리를 하다가 둘이 함께 주산 학원에 다니기로 했다. 상고 학생은 주판을 능숙하게 다뤄야 하던 시절이었다. B 군은 주산 학원에서 유일한 인문계 고교생이었다. 그래서 B 군의 교복 색깔이 여러 수강생 가운데서 튀었다. 고1 때 그렇게 서너 달을 학원에 다녔다. 덕분에 B 군의 주산 실력은 3급이 됐다.

고2 여름방학이 왔다. 인문계 고교생들은 벌써 입시 준비로 긴장할 때다. 방학인데도 보충수업을 받기 위해 등교해야 했다.

B 군은 '작은 반란'을 시도한다. 수업을 통째로 빼먹고 A 군과 함께 여행을 가기로……. 둘이서 낯선 곳으로 떠났다. A 군은 B 군을 불안한 눈길로 바라보며 물었다.

"잠은 어디서 자나? 여관에서?"

B 군은 호기롭게 대답했다.

"걱정 마. 어디에 가든 학교가 있을 것 아니야? 학교엔 숙직실이 있겠지? 숙직 선생님께 부탁해서 하룻밤 신세 지면 되는 거야."

당시엔 교사들이 돌아가며 매일 밤 숙직 근무를 했다. B 군의 아이디어는 적중했다. 순천, 여수, 광주를 돌며 학교 숙직실에서 잤다. 어떤 선생님은 막걸리를 사 와서 함께 마시자고 했다. 기차, 배, 버스 등을 타고 낮선 지방으로 돌아다니며 해방감을 만끽했다.

B 군은 A 군에게 "호연지기를 가지면 세상살이에 무엇이 두려우랴"라며 용기를 부추겼다.

A 군은 상업 고교를 수석으로 졸업했다. 지방 신문에 수석 졸업자 얼굴 사진이 보도됐다. 그 사진을 발견한 B 군은 자기 일처럼 기뻐했다.

A 군은 실무자급 공무원 시험에 합격해 생활 기반을 마련했다. 이와 함께 야간대학 법학과에 입학했다. 퇴근하자마자 학교로 달려가 심야에 공부하는 주경야독의 생활을 시작했다. 서울 소재 대학에 진학한 B 군은 A 군과 편지를 주고받으며 우정을 이어갔다. 방학 때면 B 군의 고향 집에서 만나 회포를 풀곤 했다.

세월이 흘러 20대 후반이 된 A 씨는 대학 졸업 후 서울 신림동 고시촌에 머물며 사법시험을 준비했다. 자신감을 갖는 게 급선무였다. B 씨는 A 씨의 사기를 북돋웠다.

"여기 명문대 출신자들에게 겁먹을 필요 없어. 촌놈의 뚝심을 보여주라고!"

A 씨는 힘을 얻어 책에 파묻힌 끝에 합격했다. 사법고시 합격자가 1천 명인 요즘과는 달리 소수만 뽑는 시절이어서 A 씨

의 합격은 대단한 쾌거였다.

A 씨는 검사로 근무했다. "유능하다"는 평가를 받으며 전국 여러 지방을 돌았다. 전근을 갈 때마다 B 씨에게 "놀러 오라"고 연락했지만 B 씨는 바쁜 직장일 때문에 응하기가 어려웠다. 어쩌다 A 씨 근무지로 출장 갈 때가 있으면 만나는 정도였다.

A 씨는 B 씨의 어머니를 가끔 찾아가 B 씨 대신 아들 노릇을 했다. B 씨는 고향에 거의 가지 못할 만큼 업무량이 많은 회사에 다녔다.

세월이 흘러 A 씨, B 씨도 중년이 됐다. 검사를 그만두고 변호사로 활동하는 A 씨가 어느 날 B 씨 사무실로 찾아왔다.

"나, 변호사 사무실, 문 닫았어."

"왜?"

A 씨의 눈가에 갑자기 물기가 감돌았다. 병 때문이라고 했다. B 씨는 그동안 A 씨에 대해 너무 무심했던 과오를 뉘우쳤다. 바쁘다는 핑계로 친구의 안부를 묻지 않았으니…….

"이게 마지막이 될지 모르네. 작별 인사 하러 왔어."

"뭐?"

"변호사 사무실도 잘되고, 아이들도 명문 대학 들어가고……. 이제 살 만하니까 이런 재앙이……."

"허, 무슨 소리야?"

B 씨는 머릿속이 멍해지면서 허탈감을 느꼈다. 그때 A 씨는 호주머니에서 하얀 봉투 하나를 꺼내 B 씨에게 건넸다.

"어릴 때 자네 어머니에게 사랑을 많이 받았는데 문안드리러 갈 처지가 못 되네. 대신 자네가 이 돈으로 노모께 과일이라도 사드려."

B 씨는 눈시울을 붉히며 돈 봉투를 받았다. B 씨는 A 씨를 위로하기 위해 짐짓 밝은 표정을 지으며 말했다.

"요즘 의학이 워낙 발달했지 않아? 치료 제대로 받고 섭생 잘 하면 꼭 완치될 거야. '일병장수'란 말, 못 들어봤어? 병 하나를 가진 사람이 그것을 잘 다스리면 오히려 더 오래 산다는 거야. 무병장수자보다 수명이 길다고 하지."

A 씨는 B 씨에게 사진을 함께 찍자고 제의했다. 둘은 오랜만에 손을 잡고 포즈를 취했다.

A 씨는 요양 생활을 시작했다. 건강이 회복되면 연락을 하겠다고 했다.

몇 달 후 B 씨는 A 씨의 전화를 받고 반색했다.

"덕분에 요즘 건강이 상당히 좋아졌어. 가끔 동료 변호사 사무실에 소일 삼아 나갈 정도가 됐지."

"다행이군. 지금 당장 얼굴 한번 봄세."

“아니, 조금 더 있다가……. 그리고 어젯밤 꿈에서 자네 어머니를 봤네. 요즘 잘 계신가?”

“병원에 누워 계시는데 팔순 넘은 노인이니 언제 어떻게 될지 모르지. 일전에 자네가 준 돈으로 어머니께 홍삼 세트 사드렸어.”

“어머니를 잘 모셔.”

“알았네. 자네 목소리가 쾌활하니 듣기 좋군.”

“일병장수 아닌가, 하하하…….”

B 씨는 노모가 병상에 누운 병원에 전화를 걸었다. 통화 중 신호음이 흘러나왔다. 그때 B 씨의 휴대전화가 울렸다. 폴더를 여는 순간, B 씨 누나의 다급한 음성이 들렸다.

“어머니 돌아가셨다.”

묘했다. A 씨의 꿈에 B 씨 어머니가 나타난 것과 별세 소식은 우연의 일치겠지만…….

B 씨는 장례를 마치고 상경할 때 고속버스를 탔다. 의자를 뒤로 젖히고 잠을 청했다. 비몽사몽 중에 A 씨 얼굴이 눈앞에 나타났다. A 씨는 환하게 웃으면서 말했다.

“내 병세에 대해 비관했다가 자네 격려 덕분에 낙관하게 됐어. 자네는 늘 불가능보다 가능성을 먼저 생각하잖아? 고맙네.”

꿈이었다. B 씨는 기지개를 켜며 A 씨가 얼른 낫기를 기원했
다. ‘긍정의 힘’을 믿는 B 씨는 A 씨가 완쾌하면 고교 시절 여
행을 다녔던 곳에 다시 함께 갈 작정이다.

편집자 주 _ 이 글은 《여성 동아》 2008년 2월호에 게재된 글로 글쓴이와 이 책의 저자와의
우정을 그린 일화입니다.

죽음이 눈뜨게 한 삶

초판 1쇄   2009년 9월 3일
초판 3쇄   2010년 8월 26일
지은이   김성찬
펴낸이   김영재
펴낸곳   책만드는집

주소   서울 마포구 합정동 428-49번지 4층 (121-887)
전화   3142-1585·6
팩스   336-8908
전자우편   chaekjip@chol.com
출판등록   1994년 1월 13일 제10-927호
ⓒ 김성찬, 2009

ISBN 978-89-7944-316-5 (03810)